PETIT DÉJEUNER CHEZ TYRANNIE

Petit déjeuner chez Tyrannie

ÉRIC NAULLEAU

suivi de

Le crétinisme alpin

PIERRE JOURDE

LA FOSSE AUX OURS

ÉRIC NAULLEAU

PETIT DÉJEUNER CHEZ TYRANNIE

Mais il est temps de me taire. J'en ai trop dit.
À écrire on s'expose décidément à l'excès.
Un mot de plus, je culbutais dans la vérité.

Henri Michaux, *Homme-Bombe.*

Il traduit aussi le Monde, celui qui voulait s'en échapper.

Henri Michaux, *Ailleurs.*

Une tyrannie commence par un décervelage intensif.

Philippe Sollers.

On y trouvait les formes les plus diverses de tyrannie
de grande ampleur de despotisme au petit pied...

W. G. Sebald, *Austerlitz.*

I want to thank you for sticking my neck out
I know I'll be there when they let the cranks out
I won't be culpable, got too much to answer for
My heart is in a can, my neck is in your hands
You wanted a family man but I'm not relating
I'll never be arranged I'd rather be estranged
I don't care, I don't care
Second cousin to the poor relation
Holding last week's ticket in this week's train station
Relegated to the third division on the lunatic fringe.

Graham Parker, *Lunatic Fringe.*

Sur l'estomac

> « Quelque chose de nouveau doit émerger de cette mascarade » (Herman Melville, *Le Grand Escroc*).

Certains croient ou feignent de croire que des entreprises telles que *La Littérature sans estomac* de Pierre Jourde ou le présent texte ne sauraient obéir qu'à de sombres desseins arrivistes ou revanchards. Il sera difficile de les convaincre que les fauteuils et les sièges éjectables, les appointements et les privilèges de la nomenklatura germanopratine ne m'intéressent en aucune façon, qu'à tous les cocktails de lancement et dîners en ville, je préférerai toujours deux heures solitaires dans ce petit café de la rue Vassil-Aprilov, à Sofia, ou tout un après-midi à regarder passer les tramways jaunes sur fond de ciel bleu. Que je n'envierai jamais à personne de louer les pensums de Mazarine Pingeot plutôt que de rendre compte d'une anthologie de poésie sibérienne [1]. Voilà, c'est désolant, surtout pas un mot à ma mère, mais il se trouve que je n'ai pas

1. *Le Bâton de cèdre, poésie de Sibérie orientale du vingtième siècle*, traductions de Christian Mouze, éditions Alidades/Eurcasia, 1999, dans *Le Matricule des Anges* n° 30, mars 2000.

d'ambition au sens parisien que l'on donne à ce mot – et quant au quart d'heure de gloire promis à tout un chacun, je passe aussi mon tour.

Mais il arrive un moment où le règne éternel des coquins et des copains paraît décidément bien long, un moment où on se lasse de voir les vessies se changer en lanternes et les piquettes en sauternes.

Les dissidents des anciens pays de l'Est mettaient en jeu leur vie et leur liberté pour combattre l'oppression et l'imposture d'un pouvoir étouffant. Pour ma part, je ne risque au pire que la banqueroute et un paquet d'ennuis judiciaires mais, dans tous les cas, le plus difficile est de faire taire l'« à quoi bon ? » susurré au creux de l'oreille. À quoi bon renoncer à sa tranquillité, à un certain confort, pour croiser le fer en un combat inégal ? Je me suis retrouvé face au Cerbère tricéphale de la tyrannie et je lui ai tenu tête(s), j'ai regardé la Gorgone dans les yeux et je ne suis pas resté pétrifié. Ce n'est déjà pas si mal. J'aurais pu m'en contenter. Mais un jour, il n'a plus été possible d'encaisser sans rendre un peu la monnaie de la pièce. Deux épisodes entre tous choquants de ce qu'il faut bien appeler « l'affaire Jourde » m'ont définitivement convaincu d'organiser mes observations et mes conclusions en un ensemble ordonné, de soumettre à l'épreuve des faits certaines intuitions pour la plupart relatives à la singulière parenté des rhétoriques, des méthodes et des pratiques qui unit les anciennes républiques populaires d'Europe de l'Est et l'actuelle république des lettres françaises. Je ne méconnais pas que d'un côté on versait beaucoup de sang, quand c'est avant tout de l'encre et de la salive qui coulent à flots de l'autre. Il n'en demeure pas moins que cette tyrannie d'opérette rappelle à bien des égards la variante du stalinisme qui sévissait dans ces pays de la péninsule balkanique auxquels j'ai consacré ma vie professionnelle, ainsi qu'une bonne partie de ma vie tout court, mélange d'extrême brutalité dans la répression de toute velléité dissidente et de singulière dépendance réciproque entre le pouvoir et les intellectuels.

Nicolae Ceausescu, Enver Hodja, Todor Jivkov : tous avaient compris que la distribution de hochets honorifiques, la promesse d'un tirage massif ou d'un prix littéraire contribuaient aussi efficacement qu'un coup de matraque à refroidir les têtes brûlées, que la servilité cohabite avec la peur parmi les instincts les plus profondément enfouis en l'être humain. Ces phénomènes se vérifient sur toutes les rives droite et toutes les rives gauche du monde, celles de la Seine comme celles du Danube. Quant au culte de la personnalité qui fait rage dans le Landerneau littéraire, ses modèles seraient à chercher plus à l'est, disons du côté de certains satrapes et grands timoniers asiatiques, si celui dont fait l'objet Philippe Sollers dans les pages du *Monde des livres*, à force de franchir les ultimes frontières du ridicule, ne constituait un modèle insurpassable. Faut-il d'emblée préciser que je n'ai rien contre monsieur Sollers à titre personnel ? C'est hélas probable. J'ajouterai que nous avons même tout pour nous entendre. Il aime la littérature : moi aussi. Il estime que Casanova est admirable : moi aussi. Il trouve que Mozart est mystérieux : moi aussi. Il juge que Proust a l'œil : moi aussi. Il est d'avis que Vivant Denon est cavalier : moi aussi. Il a épousé une Bulgare : moi aussi. Mais monsieur Sollers symbolise par excellence les outrances et les dérives d'un système en voie de perdition, dont on dirait parfois qu'il implore lui-même d'être corrigé avant qu'il ne soit trop tard, tout comme un enfant se montre parfois soulagé de recevoir une petite claque sur les fesses et de trouver ainsi une sortie honorable à un caprice qui traînait en longueur. Sera-t-il ici beaucoup question du *Monde des livres* ? C'est prévisible. Les hauts responsables de ce supplément en pleine Bérézina intellectuelle et déontologique ont fait tout leur possible pour dévoyer et envenimer les débats consécutifs à la parution de *La Littérature sans estomac*. Ira-t-on jusqu'à citer le nom de Josyane Savigneau ? La réponse est affirmative. Sait-on bien que la chose n'est pas sans dangers ? On ne le sait que trop. La rédactrice en chef du *Monde des livres* est non seulement d'humeur procédurière ces derniers temps, mais on ne saurait en outre parler d'elle sans s'exposer à des périls parfois inattendus, ainsi que le laisse entendre Sébastien Lapaque dans *Le Figaro* du 5 septembre 2002 à propos de *Qui a peur de la littérature ?* de Jean-Philippe Domecq[1] : « Avouons-le : les charges répétées contre Josyane Savigneau la rendent de plus en plus sympathique, tant de hargne visant nécessairement de vraies qualités. » Parmi tous les risques que suppose notre entreprise, nous assumerons donc aussi celui de rendre Josyane Savigneau plus sympathique encore.

La violence et l'ampleur des réactions suscitées par un ouvrage qui tient pourtant davantage de l'essai raisonné que du brûlot révèlent pour commencer le désarroi d'un milieu littéraire en pleine mutation et en

1. *Qui a peur de la littérature ?*, Jean-Philippe Domecq, Éd. Mille et une nuits, 2002.

plein doute. Entré avec quelque retard dans l'ère du capitalisme en roue libre et de la société du spectacle, le domaine de l'édition s'efforce aujourd'hui de faire mentir l'adage qui veut qu'on ne puisse tirer de l'argent ni des pierres ni des livres, alors même que le magot à partager tient de la peau de chagrin et du confetti : le budget que consacrent annuellement les Français aux livres équivaut à celui qu'ils investissent dans les casseroles. Quoi qu'il en soit, un entretien littéraire doit désormais comprendre des échanges tels que :

« – Vous racontez dans *Toilette de chat* que, dans “Le Groupe”, seuls les cadres de niveau A et B, contrairement aux C, reçoivent des stock-options. Vous n'avez pas pu encore accéder aux A, de loin les mieux dotés. Ne passeriez-vous pas au niveau A si Stock était couronné par quelques prix littéraires ?

« – Certainement. Mais comme l'argent ne m'intéresse pas, je ne vais pas faire n'importe quoi pour cela. »

(Interview de Jean-Marc Roberts par Christine Ferrand paru dans *Livres Hebdo* du 13 décembre 2002.)

À la concentration horizontale de plusieurs maisons de littérature générale au sein d'un même groupe s'ajoute, singulièrement depuis l'acquisition du pôle éditorial de Vivendi par Hachette, un phénomène de concentration verticale : quelles seront les conséquences de cette configuration inédite où une superstructure éditerait de 80 à 90 % de la production française et contrôlerait dans le même temps les journaux qui en font la promotion et les librairies qui la vendent ? Il y aurait quelque chose de vaguement comique à ce que des entités aussi disproportionnées que Gallimard et L'Esprit des Péninsules, que la Seine séparait autrefois plus sûrement que le Mur de Berlin, se retrouvent aujourd'hui ensemble dans le camp retranché des « indépendants », si le vent de l'inquiétude ne soufflait si fort. D'autant plus fort que tout l'édifice littéraire repose pour l'essentiel sur une tête, ou plutôt deux têtes d'épingle : le prix unique du livre, toujours à la merci d'un revirement bruxellois, et l'interdiction de la publicité à la télévision dont les éditeurs à la Bernard Fixot réclament à grands cris l'abrogation, tout comme ils exigèrent un temps celle des descriptions et des péripéties superflues dans les romans de Balzac ou de Stendhal.

Cette fébrilité ambiante affecte gravement toutes les défenses immunitaires du système : ceux qui font profession de critiquer ne supporteraient tout simplement plus d'être eux-mêmes critiqués, tandis que les auteurs, pour emprunter à une récente et vigoureuse analyse, estimeraient que « les critiques sont des dépressifs ou des incompétents qui feraient mieux de la fermer s'ils ne veulent pas les aider à vendre [1] ». Attaqués par un redoutable agent pathogène nommé Jourde, les uns et les autres ont parfois fait de mauvaises réactions.

Mais c'est à la lumière noire d'une citation d'Imre Kertesz, Prix Nobel de littérature 2002, que s'apprécie la situation actuelle : « Avez-vous remarqué que dans ce siècle tout est devenu plus vrai, plus véritablement soi-même ? Le soldat est devenu un tueur profes-

1. Article non signé paru dans *Les Inrockuptibles* du 11 septembre 2002.

sionnel ; la politique, du banditisme ; le capital, une usine à détruire les hommes équipée de fours crématoires ; la loi, la règle d'un jeu de dupes ; l'antisémitisme, Auschwitz ; le sentiment national, le génocide. Notre époque est celle de la vérité, c'est indubitable. » Il aura donc fallu attendre le début du XXIe siècle pour qu'apparaisse à son tour la vérité du petit monde des lettres françaises. Je l'ai vue émerger du puits au déclin de l'été et sortir tout entière au début de l'automne, tandis que je rédigeais ce *Petit déjeuner chez Tyrannie*, dévêtue de toute pudeur, de toute mesure et de toute vergogne.

La rentrée littéraire est ainsi définitivement passée en 2002 du registre bon enfant à celui d'une pesante farce à répétition, seulement comparable au beaujolais nouveau quant au mercantilisme et à la médiocrité du produit. Inflation des titres (663 romans et 572 essais pour la dernière cuvée, qui avait un goût de banane paraît-il), cuculte du premier roman... après avoir abandonné les lecteurs au milieu de cette forêt de papier, éditeurs et critiques réunis ont désigné les arbres censés cacher celle-ci et organisé la course d'orientation.

À commencer par l'inévitable « livre-événement » : l'oscar du bourrage de tête médiatique revient cette année sans conteste aux *Corrections* de Jonathan Franzen[1], languissant bréviaire pour bobos américains, salué cela va sans dire par une surabondante critique française comme l'égal des œuvres de William Gaddis et même (mon Dieu !) de Robert Musil (mon Dieu). On aura tout lu.

1. *Les Corrections*, Jonathan Franzen, traduction de l'anglais par Rémy Lambrechts, L'Olivier, 2002.

Le « livre-scandale » ensuite : petit millésime que 2002, à peine un *Rose bonbon*[1] à se mettre sous la dent, attaqué par quelques associations de défense de l'enfance et des amis de Bruno Mégret. À l'arrivée, le bonbon vaguement poivré n'est resté en travers d'aucune gorge, même Nicolas Sarkozy l'a avalé. *Il entrerait dans la légende*[2] de Louis Skorecki, en dépit de louables efforts pour organiser le tapage, a fait lui aussi long feu. Rien à voir avec les très grasses vaches de l'ère houellebecquienne. Cette année de jachère laisse prévoir de belles récoltes pour l'avenir.

Les prix littéraires aussi et surtout : parvenus à un tel point de déliquescence clanique que les jurés du Goncourt ont été cette fois contraints de récompenser un ouvrage de qualité. *Le Monde des livres*, toujours dans les bons coups, a bien tenté de rétablir l'ordre ancien, en vain. Mais l'article de Josyane Savigneau daté du 11 octobre 2002 restera dans les annales comme un exemple de confusion entre le devoir d'information et la défense d'intérêts privés. L'impeccable journaliste s'insurge sans détour contre le fait que son ami Sollers ait été éliminé de la dernière liste du Renaudot, éviction d'autant plus cruelle qu'il s'agit d'un « écrivain éternellement ignoré par le Goncourt » et que les jurés « s'étaient mis en tête de couronner *L'Étoile des amants* » afin précisément de « corriger les erreurs du Goncourt » comme dans les cas « de Céline et d'Aragon ». Qui a donc troublé cette compétition pourtant courue d'avance (si on comprend bien)

1. *Rose bonbon*, Nicolas Jones-Gorlin, Gallimard, 2002.
2. *Il entrerait dans la légende*, Louis Skorecki, éditions Léo Scheer, 2002.

et refusé que Sollers trouve sa juste place auprès de deux autres géants de la littérature française ? Josyane Savigneau le balance : « J.-M. G. Le Clézio. Écrivain se disant retiré loin de Paris et des intrigues (mais néanmoins membre d'un jury). » La fourberie de J.-M. G. Le Clézio, apprend-on plus loin, se manifeste avec d'autant plus d'évidence qu'il est comme Sollers « auteur Gallimard et membre du comité de lecture de la maison ». On ne peut plus se fier à personne. Imre Kertesz a raison, notre époque est celle de la vérité des êtres et des systèmes. Autre scandale d'après Jo. S. : Christine Angot ne figure pas dans la liste des goncourables, ce qui lui inspire ce commentaire sarcastique : « Elle a le temps : Marguerite Duras avait 70 ans quand les Goncourt se sont avisés de son existence. » Il est vrai que, à la différence des Goncourt, Josyane Savigneau a pris l'habitude de précéder son temps. Quand elle invoqua les mânes des deux Marguerite (Duras et Yourcenar) au sujet de Mazarine Pingeot et de son accablant *Premier roman*, elle avait bien cinquante ans d'avance sur le talent romanesque dont faisait alors preuve l'ex-fille cachée de François Mitterrand.

Avec cette inimitable élégance qui a fait la réputation de la femme française bien au-delà des frontières hexagonales, notre rédactrice en chef déclare certes à propos de l'affaire Mazarine : « À la limite, je veux bien qu'on dise que j'ai eu un goût de chiottes, mais certainement pas que je me suis fait manipuler[1]. » À en croire certains, l'un n'empêcherait pourtant pas l'autre : « Au mois de septembre, les journalistes se

1. *Livres Hebdo* du 27 avril 2001.

réunissent en conciliabule. Philippe Sollers a eu [le livre] d'Assayas entre les mains. Josyane Savigneau, critique littéraire au *Monde*, se demande ce qu'il faut penser de cette *Exhibition* dont Gallimard fait grand bruit. "Au cours d'un déjeuner avec des journalistes, raconte Michka [Assayas], elle lance le sujet et Sollers de répondre que ce n'est pas un bon livre, qu'il est lourd." Décryptage : "J'ai toujours trouvé que Sollers avait du goût en matière de littérature, j'étais donc un peu déçu, continue Assayas. Et puis certaines personnes de mon entourage m'ont laissé entendre qu'il ne l'aimait pas pour de mauvaises raisons. Visiblement, ce qui le gênait, c'est qu'on ait publié en même temps nos livres [*L'Étoile des amants* pour Sollers, NDLR] chez le même éditeur et concourant pour les mêmes prix [1]. » Le lecteur est invité à vérifier quels traitements de faveur ou de défaveur furent réservés à *L'Étoile des amants* et *Exhibition* dans les pages du *Monde des livres*.

Que disent les textes anciens ?

« Peu à peu, quels que soient le talent ou la rigueur de certains de ses collaborateurs, *Le Monde des livres* ne fait plus autorité en matière littéraire. Sa crédibilité s'effrite. Son domaine est toujours plus étriqué. Il apparaît de plus en plus clairement, aux yeux de son public, qu'il se ravale au rang d'instrument du clan Sollers-Savigneau. »

Et les collaborateurs anciens ?

« J'ai aussi perdu ce qui était en un sens une seconde mère pour moi : ma collaboration au journal *Le Monde*

1. Cité dans « Autopsie d'une rentrée » par Audrey Diwan, *Technikart* n° 68, décembre 2002.

après trente-cinq ans de critique littéraire. L'un de mes articles, sur le cannibale japonais Sagawa, a été censuré par Josyane Savigneau. J'ai envoyé ma lettre de démission. Je crois surtout qu'elle supportait mal les critiques que je formulais, même de manière courtoise, concernant sa façon de diriger *Le Monde des livres*, et la place insensée qu'elle y donne à celui que j'appelle le Monsieur Fenouillard de la littérature française, Philippe Sollers. » (Propos de Roland Jaccard recueillis par Jean-François Duval dans *Construire* du 24 septembre 2002.)

Le 7 novembre 2001, Jean-Luc Douin, du même *Monde des livres*, avait lui aussi dit la vérité, rien que la vérité, presque toute la vérité. Dans un article intitulé « Encore d'obscures tractations », tout tremblant d'indignation, il trompettait à qui voulait le lire sa stupéfiante découverte : les prix d'automne obéiraient à des critères extra-littéraires ! Et dire que, à l'exemple de la pomme de Newton, cette évidence se trouvait sous son nez depuis tant d'années. Trop bête, vraiment. Un seul lauréat échappait à son juste courroux, celui du Médicis essai, un certain Edwy Plenel. Lequel ne se montra ni amnésique ni ingrat lorsqu'il s'agit de saisir la perche, d'une circonférence équivalente à celle d'un baobab tricentenaire, que lui tendit Pierre Louis Rozynès dans *Livres Hebdo*[1] :

« Que déduisez-vous alors de ces attaques [contre *Le Monde des livres*] ?

– J'y vois ce refus du débat, cette préférence pour l'anathème que j'évoquais au début de cet entretien. J'y vois aussi une détestation de la liberté, surtout de

1. Numéro daté du 4 octobre 2002.

la liberté assumée et revendiquée. La liberté de celles et de ceux qui refusent les places assignées, les rôles convenus, les carrières tracées. De ceux qui assument des identités métisses, bâtardes, mêlées. »

En gros, quiconque ne goûte pas le contenu du *Monde des livres* est non seulement un ennemi de la liberté, mais probablement aussi un adhérent en puissance du Ku Klux Klan. Il faudrait tout de même que quelqu'un se décide à faire réparer la climatisation dans les bureaux du *Monde*. Certains de ses employés paraissent au bord de la surchauffe. Dans leur vie privée, comme dans leur vie professionnelle, l'auteur et l'éditeur de *La Littérature sans estomac* paraissent pourtant assumer des identités mêlées. Qu'on me permette de passer sur le chapitre privé, où le métissage si cher à Edwy Plenel loge pourtant à tous les étages, pour renvoyer au catalogue de L'Esprit des Péninsules où se côtoient des auteurs de toutes nationalités, de toutes ethnies, de toutes religions, de toutes langues (dix-huit à ce jour) et où s'épanouit même une collection entièrement consacrée à des auteurs s'exprimant dans une langue autre que celle de leur pays d'origine. Il faut croire que nous cachons bien nos jeux.

Le jour même où paraissait le vibrant plaidoyer du directeur des rédactions du *Monde* en faveur d'une « femme libre », celle-ci faisait publier dans *Le Monde des livres*, sous la plume de Michel del Castillo, une non moins émouvante défense du dernier ouvrage d'Edwy Plenel : *La Découverte du monde*[1]. Au vrai, comme on

1. « Méditation sur les dérives du monde », Michel del Castillo, *Le Monde des livres* du 4 octobre 2002.

le voit, la découverte du *Monde* se confond souvent avec celle de fâcheuses coïncidences. Ou alors de rencontres fortuites sur un plateau de télévision, comme en un certain 4 octobre 2001 où, les yeux écarquillés par l'heure tardive et l'incrédulité, les téléspectateurs de « Campus » eurent droit à une interview d'Edwy Plenel par Josyane Savigneau à l'occasion de la sortie des *Secrets de jeunesse* [1] du premier nommé. L'émotion de ce grand moment de télévision et de déontologie était trop forte : l'entretenu ne put retenir quelques larmes. Même Staline, Mao, Enver Hodja et leurs plus zélés thuriféraires auraient reculé devant pareils procédés.

Mais ces méthodes un rien contestables, iront jusqu'à prétendre certains, se trouvent toujours placées au service d'une bonne cause : « Edwy Plenel. Pour un “humanisme politique”, contre le rejet de l'autre », annonçait le supplément en première page à propos de *La Découverte du monde*. Vous, je ne sais pas, mais moi, des mots d'ordre d'une pareille radicalité me donnent envie de descendre sur-le-champ dans la rue, banderole et pavé à la main. POUR-UN-HUMANISME-POLITIQUE/CONTRE-LE-REJET-DE-L'AUTRE !

Que dit le poète chinois ?

« Copinage et corporatisme s'étalent à longueur de page, sautent aux yeux des plus bigleux ou des plus naïfs. »

D'ailleurs, à propos d'un vigoureux passage de brosse à reluire médiatique de Christine Angot à Philippe Sollers, un journaliste a proposé de remplacer l'expression « renvoi d'ascenseur » par celle de « renvoi de monte-charge [2] ».

1. *Secrets de jeunesse* d'Edwy Plenel, Stock, 2001.
2. *Les Inrockuptibles* du 11 septembre 2002.

Que dit le poète juif, déjà ?

« Notre époque est celle de la vérité, c'est indubitable. »

La course d'orientation, avec laquelle se confond désormais la rentrée littéraire, comprend aussi une épreuve appelée « le choix de la rédaction ». Il serait très étonnant que *Le Monde des livres* ne se distingue pas également dans cet exercice. De fait, l'éditorial du 30 août 2002 annonce quatre « coups de cœur », emballements cardiaques ainsi justifiés : « Nos choix expriment à la fois le regard commun de l'équipe du *Monde des livres* sur ce qui relève de la littérature et la diversité des goûts personnels. » Passons sur le fait que l'explication tient à la fois du mystère de la Sainte-Trinité et de la défunte rhétorique moscovite du Parti unique censé incarner la pluralité des opinions. Énumérons plutôt les titres des quatre romans qui font si fort palpiter *Le Monde des livres* et occuperont chacun à leur tour sa une : *Pourquoi le Brésil ?* de Christine Angot, *L'Étoile des amants* de Philippe Sollers, *Tigres en papier* d'Olivier Rolin et *Dernier royaume* de Pascal Quignard. Au moins deux des plus calamiteux livres de la rentrée figurent dans cette sélection. Pareille sûreté dans le mauvais goût relève tout bonnement du prodige. Que la France tout entière ne succombe pas à une épidémie d'incontinence en prenant connaissance des derniers opus de Christine Angot et de Philippe Sollers, et plus encore des commentaires qu'ils inspirent respectivement à Josyane Savigneau et Jean-Luc Douin, en dit par ailleurs long sur la corruption, l'apathie, proche de la mort cérébrale, et l'atrophie du sens critique qui affectent le monde des lettres.

Il faut laisser le soin à Pierre Jourde, sans doute à l'occasion d'une suite à *La Littérature sans estomac*, de revenir plus longuement sur ces cas d'école. Qu'il suffise pour l'heure de dire que composé pour moitié de citations non créditées, farci de listes d'oiseaux, de fleurs ou d'étoiles, de jeux de mots dignes de l'Almanach Vermot (« La musique de Monteverdi monte et verdit » (p. 97), Jourde est spirituellement rebaptisé Bourde et Chevillard devient Chenillard (p. 55), *Les Particules élémentaires* se transforment en *Les Petits Culs élémentaires* (p. 95), etc.), rembourré d'une philosophie sino-indienne de pacotille, *L'Étoile des amants* est ce qui se conçoit de plus proche du néant littéraire absolu. Cette très vague histoire d'écrivain vieillissant qui emmène en vacances dans sa résidence secondaire une étudiante bien roulée (et pas bête avec ça : la preuve, elle écrit un roman) pourrait être qualifiée avec pertinence d'infâme remplissage ou de vaudeville de Ré. Jean-Luc Douin préfère l'expression d'« ode à la poésie vécue ». Et illustre son effarante hagiographie par une série de vignettes tirées de la vie du Petit Père du *Monde* – Philippe Sollers nage, Philippe Sollers écoute Thelonious Monk, Philippe Sollers se déguise en jardinier (comme Marie-Antoinette se travestissait en bergère sans doute), Philippe Sollers mange une dorade au sel, Philippe court nu dans l'herbe... Cette dernière vision ne laisse pas d'inquiéter. D'abord, Philippe Sollers pourrait prendre froid, et puis il arrive souvent que, en pareille situation, les hommes de son âge se retrouvent en ballottage très défavorable. Le service iconographique du *Monde des livres* a d'ailleurs, dans sa grande sagesse, préféré illustrer l'article d'une photographie où l'auteur apparaît certes un peu flou, mais habillé.

Sur la base des éléments cités, tout lecteur de bonne foi parviendra à la même conclusion que Jean-Luc Douin. *L'Étoile des amants* est d'évidence « Une façon d'ébranler la métaphysique occidentale, subversion toujours. » Philippe Sollers est bon pour l'homme. Si Philippe Sollers prend le bateau plutôt que de marcher sur l'eau pour gagner l'île de Ré, c'est pure modestie de sa part. À la vue de Philippe Sollers, les paralytiques se lèvent et les mendiants agitent leurs sébiles. Philippe Sollers invente même des mots, s'extasie Jean-Luc Douin au milieu de son prêche, le verbe « *silencier* » par exemple. Peu importe que « silencer » soit attesté en français depuis 1874 sous la plume de Barbey d'Aurevilly. Détail, simple détail, mais Jean-Luc Douin ne fait pas dans le détail quand il s'agit de marquer sa déférence.

Il fut un temps où les tyrannies éprouvaient la fidélité de leurs porte-flingues en exigeant qu'ils logent une balle dans la nuque de quelque opposant. Elles ne demandent plus aujourd'hui à leurs porte-plumes que de composer des poèmes énamourés à la gloire d'écrivains qu'ils ne portent pas nécessairement dans leur cœur, et de préférence à l'occasion du pire navet que ceux-ci aient jamais mis sur le marché. Mais Jean-Luc Douin ne répugne pas pour autant aux besognes de moindre prestige – dans *Pourquoi le Brésil ?*[1], Christine Angot rapporte en page 94 que notre homme lui a donné un coup de téléphone pour s'assurer que Jérôme Béglé avait bien jeté une coupe de champagne au visage de l'auteur de *L'Inceste*, « avant de passer

1. *Pourquoi le Brésil ?*, Christine Angot, Stock, 2002.

l'information au *Canard enchaîné* ». Joli métier. Il faudrait lui donner un nom.

Le sommet de flagornerie signé Jean-Luc Douin avait été précédé d'une semaine par la louange d'un autre roman phare de la rentrée littéraire : *Pourquoi le Brésil ?* de Christine Angot. On ne pouvait certes se défendre d'une légère angoisse à l'idée de lire 222 pages de Christine Angot (jusqu'à la dernière, conscience professionnelle oblige) mais on se rassurait en songeant que l'épreuve ne pourrait être plus éprouvante que de s'appuyer *Quitter la ville*, paru deux années plus tôt et qui occupe dans la bibliographie de Christine Angot, c'est tout dire, une place équivalente à celle de *L'Étoile des amants* dans la bibliographie de Philippe Sollers. Impossible, en principe, de descendre plus bas. De quoi s'agit-il dans *Pourquoi le Brésil ?* Essentiellement des amours tordues de l'auteur avec Pierre Louis Rozynès, rédacteur en chef de *Livres Hebdo*, ici dépeint comme un névrosé parfois au seuil de la folie furieuse. Cela n'aurait-il pas un côté quelque peu tabloïdal, racoleur pour tout dire ? Josyane Savigneau aborde d'emblée courageusement cette question : « Écrire le nom de celui qu'on aime, le nom qui l'identifie, n'est-ce pas, contrairement aux apparences – balayer la discrétion, la pudeur, l'hypocrisie –, consentir à la généralisation du "people", comme on dit désormais, accepter de nouveau de "faire partie du groupe" ? Question intéressante, qui demeure, et qui n'est pas le plus important dans ce roman. » Manière très caractéristique du *Monde des livres* d'évacuer préventivement toute critique qui risquerait de faire barrage au torrent dithyrambique, tout comme Jean-Luc Douin glose ainsi les piques lancées par Philippe

Sollers contre les éditions de Minuit, les éditions POL et *Les Inrockuptibles* : « Il épingle, c'est un clin d'œil plus qu'une déclaration de guerre, les éditions Nocturnes ou PAL, qui plaisent beaucoup aux *Inconvertibles*. » À mon tour, je souhaiterais qu'il soit bien clair que le présent texte est moins une déclaration de guerre qu'un clin d'œil complice à l'adresse du *Monde des livres* et de son équipe dirigeante.

Revenons à notre roman. Quelques-uns des plus inconditionnels partisans de Christine Angot avaient bien dû reconnaître, certes avec les précautions oratoires d'usage, que *Quitter la ville* évoquait quand même davantage un misérable fond de tiroir qu'*À la recherche du temps perdu*. Dont acte. Sensible à ces réserves, Christine Angot a dans *Pourquoi le Brésil ?* choisi de quitter quelques instants du regard son nombril pour se consacrer à des thèmes, des personnages et des situations à portée universelle :

– la recherche d'un deux-pièces à Paris (elle constate en page 22 que pour 7 000 francs t'as plus rien – et c'est bien vrai) ;

– le caractère parfaitement odieux du petit personnel (« c'est elle qui m'aidait, c'est elle qui est allée à l'EDF faire installer l'électricité, elle, qui a reçu tous ces gens que je ne peux pas supporter qui viennent installer le téléphone, l'électricité, les plombiers. ») – et nous en avons tous fait l'expérience ;

– Marie-Christine : « avec ses fesses musclées par le tennis, comment j'ai pu rester un an avec elle ? » – et en effet, tout le monde se le demande ;

– la difficulté de faire sortir Pierre Louis Rozynès de son bain – et ça, elle n'est pas la seule à le dire, etc.

On résiste à la tentation d'illustrer les différents épisodes qui se succèdent à un rythme haletant (Christine emménage, Christine va au supermarché, Christine se fait couper les cheveux, Christine fait bander Pierre Louis Rozynès, Christine fait la vaisselle...) par autant de morceaux choisis, car trop de bonheur de lecture tue parfois le bonheur de lecture.

Quelques beaux passages sur l'agrément d'être surclassé à l'occasion d'un vol Paris-Montréal, les effets contradictoires d'une thalassothérapie à La Grande-Motte et les mérites comparés des acupuncteurs valent cependant d'être signalés. Sans oublier une demi-douzaine de plus que douteux calembours sur les chambres à gaz – précisons que les deux protagonistes principaux sont juifs, enfin pas tant que ça dans le cas de Christine Angot, mais un lecteur mal informé pourrait déduire de *Pourquoi le Brésil ?*, tant l'autofictionnaire en rajoute à ce sujet, que celle-ci est née dans un shtetel polonais et non pas à Châteauroux. De répéter à longueur de page qu'on est juif, et que son amant l'est aussi, ainsi que le fait Christine Angot dans son roman, vaudrait ainsi licence de publier ce que l'on jugerait odieux sous la plume d'un meneur d'extrême droite : « [...] il y avait un parfum dès qu'il est entré, il s'était dit : j'aime son odeur. Il aimait mon odeur. C'est quoi là, qui est érotique, c'est la chambre à gaz, mais je ne le sais pas encore, je le saurai le lendemain. Le lendemain il est arrivé chez moi, il a dit : je suis le seul Juif qui se cache en temps de paix, il était juif. Et c'était érotique aussi bien sûr la race. »

Et Christine Angot s'y entend aussi pour faire toucher du doigt sa tragédie existentielle par des révélations propres à glacer les sangs des plus blasés :

« Depuis Paris, je ne m'habillais plus, je n'avais plus envie, j'avais vingt pour cent chez Yamamoto maintenant, je n'en profitais pas... » (p. 181).

Il faut lire et relire cette phrase pour en bien mesurer la charge suffocante. Dix pour cent, voire quinze, on ne dit pas, mais vingt pour cent chez Yamamoto constitue un seuil quantitatif *et* qualitatif.

En d'autres endroits, c'est la plus féconde interactivité qui joue à plein. Aux pages 55-56 se situe en effet un passage qui illustre l'éternel conflit entre l'individu (ici Christine Angot) et la collectivité (ici Paris). Mais l'effet optimal n'est produit que si le lecteur accepte de bouleverser l'ordre linéaire et de commencer par la fin, un essai de situation du sujet Angot :

« Utilisée à bloc par une société régie par la pression, la compétition, et la haine, en permanence. »

Il est ensuite temps de revenir au drame qui a motivé si tragiques conclusions :

« Un jour ce qui s'était passé aussi, c'est pour dire que j'avais tous les éléments contre moi [...] en rentrant un soir assez tard, en taxi, j'avais ouvert la porte, oui c'est vrai imprudemment côté rue, et un scooter ou une voiture avait heurté le rétroviseur du taxi, il m'a fait payer deux cents balles de plus pour ne pas faire jouer son assurance et ne pas mettre en péril son bonus. »

Mais on se disait bien que quelque chose nous avait échappé. Heureusement, Josyane Savigneau est là :

« Et c'est comme si cet amour avec Pierre Louis – que ses proches appellent seulement Pierre, prénom du père de Christine Angot – permettait de pacifier le passé. De guérir, avec Pierre, l'homme qu'elle aime, de l'inceste de Pierre Angot. »

Tout s'éclaire. Tu es Pierre et sur cette pierre, je bâtirai un roman à trois sous. Et la rédactrice en chef du *Monde des livres* de conclure par une autre question intéressante et qui demeure et qui n'est pas le plus important :

« Ce roman marque-t-il alors un tournant dans le parcours littéraire de Christine Angot ? »

J'avoue pour ma part ignorer la réponse. Mais l'exégèse de Josyane Savigneau marque en revanche sans nul doute un tournant dans la vulgarisation d'une psychanalyse à la petite semaine.

N'en jetons plus. *L'Étoile des amants* de Philippe Sollers et *Pourquoi le Brésil ?*, deux livres dont la vacuité donne une idée de l'infini, auraient donc été, à en croire le supplément littéraire du plus influent quotidien français, des lauréats tout indiqués pour le Goncourt et le Renaudot. Voilà qui aurait définitivement achevé le ridicule d'une rentrée marquée par la faiblesse de la littérature française et la force de la littérature étrangère. De la charrette des 442 romanciers français, la postérité n'épargnera que quelques rares têtes (citons seulement Nicole Caligaris et Vassilis Alexakis, pour l'exemple, la rime et la parité), quand elle n'aura que l'embarras du choix parmi leurs 221 homologues étrangers (Philip Roth, W. G. Sebald, Günter Grass, Jens Christian Grøndahl, Jachym Topol, Augustina Bessa Luis, Ismail Kadaré, Javier Cercas, Frederick Busch, Miroslav Popovic...).

La logique de coterie s'est développée à tel point au sein du milieu littéraire que Jean-Philippe Domecq estime dans *Qui a peur de la littérature ?* qu'un autre mot s'impose désormais pour définir les solidarités qui y sont à l'œuvre. Les anciennes avant-gardes tournent en rond sur le périphérique ou barbotent dans la pauvre flaque du roman bourgeois. Bousculés, déconsidérés, mal payés, les malheureux critiques de base écopent tant bien que mal les vagues déferlantes de nouveautés (deux comprimés contre le mal de mer à dissoudre dans une coupe de champagne), s'agrippent des deux mains à la planche de salut des communiqués de presse. Leurs supérieurs hiérarchiques, sommés d'être rentables, ce qui suppose une bienveillance marquée envers la production des annonceurs potentiels, englués dans leurs réseaux d'amitié et leurs stratégies personnelles, s'enferment dans une paranoïa galopante et d'insurmontables contradictions. Et puis toutes les attachées de presse vous le diront : la critique ne fait plus vendre. Pire même, les rares médias « prescripteurs » se révèlent fort éloignés des préoccupations littéraires : journaux féminins (*Elle*), de télévision (*Télérama*), émissions télévisées de divertissement (feu *Nulle Part Ailleurs*), le lecteur échaudé sollicite désormais un deuxième avis auprès de son libraire, quand celui-ci n'est pas occupé à faire ou défaire des cartons de livres qu'il n'a pas commandés.

Ce *Petit déjeuner chez Tyrannie* ne contient pas seulement une part de vérité sur un tout petit monde et ses bien curieuses mœurs, il voudrait aussi signifier qu'il est temps de sonner le réveil.

Amuse-gueule

À 12 heures 59 en ce 6 mars 2002, aussi ponctuel que la mort, je décline mon identité au personnel d'accueil du quotidien *Le Monde*. Au terme des dix minutes d'attente réglementaires apparaissent Josyane Savigneau, responsable en chef du *Monde des livres* que j'ai demandé à rencontrer, Patrick Kéchichian, l'un de ses collaborateurs dont elle a souhaité la présence, et, invité surprise, Jean-Luc Douin, autre permanent du supplément littéraire, souvent présenté comme le numéro 1 *bis* ou le numéro 2 du service.

Tandis que nous nous dirigeons vers une brasserie des Gobelins, Mme Savigneau m'annonce qu'au sommaire du prochain numéro du *Monde des livres* figurera une recension d'un ouvrage de L'Esprit des Péninsules : *Vert d'eau* de Marisa Madieri, information prétexte à quelques échanges courtois sur les problèmes de traductions et de traducteurs.

Nous poussons la porte de l'établissement, un serveur nous guide vers une manière de petit salon réservé et... fondu au noir, flash back, dans la grande tradition hollywoodienne, les feuillets du calendrier regagnent à tire-d'aile leur bercail pour faire comprendre au spectateur que le temps s'écoule à rebours (il existe aussi la variante de l'horloge dont les aiguilles tournent à l'envers, mais j'aime moins...).

Deux mois auparavant...

L'Esprit des Péninsules avait fait paraître un pamphlet de Pierre Jourde intitulé *La Littérature sans estomac*[1]. L'auteur y administre avec férocité et compétence (la rubrique « Tocade » du site de la FNAC parle d'une « dénonciation épidermique et raisonnée ») une volée de bois vert à quelques romanciers français (Christine Angot, Frédéric Beigbeder, Olivier Rolin, Camille Laurens, Marie Darrieussecq, Christian Bobin...) dont il estime que la minceur du talent est inversement proportionnelle à la violence des pâmoisons qui saluent la sortie de chacun de leurs opus, il y avoue sa perplexité devant le cas de Michel Houellebecq et n'y marchande pas son admiration pour certains de ses auteurs de chevet tels que Éric Chevillard, Valère Novarina ou Jean-Pierre Richard. Et, dans un prélude intitulé « L'organe officiel du combattant majeur », il dévêt Philippe Sollers des oripeaux trop larges pour lui de grand écrivain et grand critique, en ne lui laissant que l'esbroufe en guise de cache-sexe, et dissèque, imparables exemples à l'appui, les relations plutôt voyantes entre l'auteur de *Femmes* et *Le Monde des livres*. Ce dernier aspect de *La Littérature*

1. *La Littérature sans estomac*, Pierre Jourde, Éd. L'Esprit des Péninsules, 2002.

sans estomac ne fait pas, loin s'en faut, l'effet d'une bombe dans les milieux littéraires car il y a beau temps que la manière dont Philippe Sollers prend ses aises dans *Le Monde des livres* a cessé sinon de susciter l'indignation, du moins d'étonner. Dans un article de la revue *Esprit* intitulé « L'affectation littéraire à la française », Marc-Olivier Padis résume ainsi la situation : « La complaisance avec laquelle l'éditeur et écrivain laisse célébrer son génie dans un organe dont il est "éditorialiste associé" serait un objet de divertissement presque hebdomadaire si l'on n'avait fini par se lasser de ce comique de répétition et si l'on ne parcourait d'un œil de plus en plus distrait et pressé les listes d'adjectifs ampoulés dont Pierre Jourde a courageusement reconstitué un répertoire choisi. » Il est vrai que Philippe Sollers, en bon négociant bordelais, sait payer de retour les tombereaux d'éloges qui s'abattent régulièrement sur sa personne et son œuvre par quelques articles, souvent choisis pour faire l'ouverture du *Monde des livres*, où il dispense quelques lumières prétendument neuves sur des auteurs classiques à l'occasion de leur parution en Pléiade, prestigieuse collection de Gallimard, son éditeur et principal employeur. Ce petit commerce est ainsi fondé sur les principes fort sympathiques de l'entraide et du troc, deux modes d'échange en plein essor ces derniers temps. Sans aller jusqu'à s'en féliciter, il n'y a donc là guère matière à s'offusquer. De fait, la gestion exemplaire de cette coopérative, *Le Monde des livres* / Philippe Sollers, Échange de Bons Procédés et Flatteries en Gros, Maison fondée à la fin du XXe siècle, occupe à peine une demi-douzaine de pages de *La Littérature sans estomac* sur un total de trois cent trente-six. Et encore Pierre Jourde s'attache-t-il essentiellement au cas d'école d'une recension où, à force de basse flagornerie, le thuriféraire de service manqua se donner un tour de reins : « Le 6 avril 2001, donc, dans *Le Monde des livres*, organe célèbre pour son indépendance et son sérieux, Viviane Forrester consacre une pleine page au dernier livre de Philippe Sollers "éditorialiste associé au *Monde*". Pour faire bonne mesure, un autre article présente la biographie de Philippe Sollers rédigée par Gérard de Cortanze. *Éloge de l'infini* se compose en grande partie d'articles publiés dans le même *Monde des livres.* » On a beau se pincer, écarquiller les yeux, lire et relire, les extraits proposés par Pierre Jourde du morceau de bravoure laudatif signé Viviane Forrester laissent incrédules. Du temps où elle ne me haïssait point trop encore, Josyane Savigneau me confia que sa publication n'avait d'ailleurs pas été sans susciter quelques réactions contrastées au sein de la rédaction du *Monde des livres*, pourtant habituée à engloutir des couleuvres de belle taille, et que Sollers lui-même avait jugé que l'ensemble baignait dans une mélasse hagiographique par trop gluante. Qu'il suffise de dire que, en comparaison, les odes à Staline ou les poèmes à la gloire de Kim Il Sung évoquent des menées subversives ou même de sauvages tentatives de déstabilisation.

Si *La Littérature sans estomac* avait été conçu comme un pamphlet contre *Le Monde des livres*, ce qu'il n'est pas, plutôt que comme un aperçu polémique de la littérature et de la critique françaises contemporaines, ce qu'il est, rien n'aurait été plus facile pour l'auteur que de tartiner des exemples à la douzaine et d'enfoncer le clou en s'arrangeant pour que le marteau ripe encore et toujours sur le même doigt. Il n'est en effet besoin que de se baisser pour une abondante cueillette. Passe encore que les livres de Philippe Sollers soient justiciables d'un traitement de faveur dans les pages du *Monde des livres* avec par exemple des recensions doubles – comme dans le cas de son ouvrage sur Mozart, que la plupart des connaisseurs du musicien autrichien situent pourtant au niveau d'une interminable blague de potache. Mais la fréquence des références à Sollers sous la plume de Josyane Savigneau rappelle en outre le lointain passé télévisuel des « Jeux de la francophonie », dont l'une des épreuves consistait à citer le plus souvent possible tel nom propre ou commun en commentant un film documentaire sans aucun rapport avec le mot proposé. Exercice loufoque où brillait le candidat belge, comment s'appelait-il déjà ?, lequel se serait cependant fait proprement repasser par la rédactrice en chef du *Monde des livres*. Quelques exemples savoureux ont déjà été fournis par d'autres amateurs de burlesque, comme cette interview de Philip Roth, au milieu de laquelle madame Savigneau laisse tomber l'obligatoire cheveu sur la soupe en suggérant soudainement à l'auteur américain que l'on pourrait avec grand profit comparer son œuvre à celle « du Tchèque Milan Kundera et du Français Philippe Sollers [1] ». Comprenne qui pourra. Ou plutôt : ne comprenne pas qui ne le voudra vraiment pas.

1. *Le Monde* du 3 novembre 1992, cité par Jean-Philippe Domecq dans *Le Pari littéraire*, Éd. Esprit, 1994, p. 175.

Sarajevo mon amour.

Il n'est cependant pas interdit de préférer à cette interview un article publié quelques années plus tard (admirable constance à travers les vicissitudes du temps), le 28 septembre 2001 pour être précis, où il s'agit cette fois d'annoncer la deuxième édition des Rencontres européennes du livre de Sarajevo, conçues comme une extension du festival Étonnants voyageurs de Saint-Malo. Quel angle choisir ? Quelques temps forts du riche programme et une présentation des nombreux invités ? Un état des lieux de la littérature en Bosnie, ce malheureux pays saigné à blanc et dépecé au fil des guerres et des paix successives en ex-Yougoslavie ? Le portrait d'un écrivain local emblématique peut-être ? Ou encore vingt-quatre heures de l'existence des courageux confrères d'*Oslobodenje*, ce quotidien qui brandit bien haut l'étendard d'une presse indépendante jusque durant le siège, l'interminable siège de la capitale bosniaque, plus long même que celui de Stalingrad ? Rien de tout ça. Esprit de hardiesse, quand tu nous tiens, c'est pour la vie – le choix se porte sur... un entretien avec Cees Nooteboom et Philippe Sollers, précédé d'un chapeau qui est certes tout un programme, mais pas celui des Rencontres européennes du livre de Sarajevo : « Les Étonnants voyageurs se déplacent cette semaine à Sarajevo – un symbole – pour "réinventer ensemble une culture européenne". Deux écrivains de la même génération, qui revendiquent cette culture, dialoguent ici, non sur une Europe abstraite, mais sur cette "démocratie de détails" et son art de vivre. » Si l'on comprend bien, tandis que quelques dizaines d'écrivains s'en vont bavasser

« abstraitement » à l'autre bout de l'Europe et nouer de futiles contacts avec leurs confrères balkaniques, deux gardiens du temple, autour d'un verre et en présence d'un scribe, s'entretiennent de l'essentiel à Paris. Davantage encore que l'évidente expression d'une très ancienne hostilité envers l'imaginaire du grand large défendu par Michel Le Bris (créateur du festival de Saint-Malo), ces lignes traduisent une volonté de limiter le territoire littéraire aux quelques kilomètres carrés de deux ou trois arrondissements parisiens. Ghetto aisément contrôlable à l'aide d'une poignée d'experts passés maîtres dans le maniement de la carotte et du bâton, enfin surtout de la carotte, car le bâton est d'un usage pour l'essentiel dissuasif et les téméraires ne se bousculent guère au portillon pour se faire rosser – une recension par-ci dans le journal dont je suis responsable en chef, une publication par-là dans la collection que je dirige, pour que tu fermes un peu ton bec, un prix décerné par le jury dont je suis un membre influent, une maigre préface grassement rétribuée, un généreux à-valoir pour un livre qu'il ne sera parfois pas nécessaire d'écrire –, à charge de revanche, vieux ! Petit monde de dépendances réciproques qui tourne en rond et accouche d'une littérature franchouillarde, nombriliste, rabougrie, recroquevillée sur elle-même, de très dispensables et très inexportables opuscules imprégnés d'une tenace odeur de renfermé. Peu importe que l'écart entre les textes traduits et les textes français ne cesse de se creuser au détriment des seconds (admirable et récente déclaration d'une consœur : « Au fond, ce qu'on cherche, toi et moi, ce sont des romans français qui pourraient passer pour des romans étrangers »), certains respirent à leur aise dans cette atmosphère viciée, le moindre courant d'air frais risquerait de chasser les idées fixes, de faire tourbillonner quelques conceptions originales, et ça... la fenêtre entrebâillée serait aussi la porte ouverte à toutes les remises en cause de l'ordre littéraire, à tous les ébranlements des pouvoirs sans partage. Plutôt que de s'envoler pour Sarajevo, Harpagon se barricade dans son nid parisien, histoire de veiller sur ses *Deux Magots*.

Tout est affaire de « détails », comme on nous l'a fait savoir d'emblée, entrons donc dans les détails de ces propos « recueillis par Josyane Savigneau ». « Si on avait du temps, déclare notamment Philippe Sollers, il faudrait insister sur cette "Europe polychrome" qu'évoque Nooteboom. L'Europe dont on nous parle abstraitement, c'est une Europe monochrome, celle des échanges organisés. » Inutile d'insister sur ce nouvel exemple de procrastination élevée au rang des belles-lettres (on pourrait analyser, on pourrait penser, mais ce n'est pas, mais ce n'est jamais le moment) car Pierre Jourde en parle fort bien dans *La Littérature sans estomac*, ni sur le fait trop évident que l'art revendiqué du détail se confond ici en réalité avec celui de parler pour ne rien dire. Rappelons plutôt à Philippe Sollers que c'est précisément à Sarajevo que l'on tenta une ou deux fois d'assassiner l'Europe polychrome durant le dernier siècle écoulé.

De chaque phrase suintent la confusion, le mépris, la haine, le règlement de comptes. Le signal « À bon entendeur » s'affole à force de clignoter. Autre morceau choisi : « Ça, c'est le genre de dialogue qui ne peut pas avoir lieu dans un colloque. Entre écrivains, il faut se rencontrer individuellement. » Individuellement, mais tout de même en compagnie d'un photographe et d'une journaliste de haut rang chargée de transcrire l'immortel dialogue. Ou encore : « L'idée de cette Europe, c'est la possibilité qu'un individu rencontre un autre individu. En dehors de la prescription sociale. Si on a une vision du monde où tout est social, on n'est pas en Europe, au fond. » L'article dont il est ici question ne serait donc pas la conséquence d'une prescription sociale ? Cees Nooteboom et Philippe Sollers se seraient ainsi rencontrés par hasard, disons place de la Concorde, au moment où passait justement Josyane Savigneau, son magnétophone en bandoulière ? Que leur conversation se retrouve dans les pages du *Monde* ne signifie donc aucunement un passage de la sphère privée à la sphère sociale ? Se demander de qui on se moque ici ne serait que perte de temps, tout le monde connaît la réponse. Et puis de se retrouver un moment autour d'une table ronde interdirait-il ensuite des conciliabules en plus petit comité dans quelque café ou quelque arrière-cour de la capitale bosniaque ? J'ai eu une impression bien différente lors des trois éditions des Rencontres européennes du livre de Sarajevo auxquelles j'ai participé. La ville bruissait littéralement d'apartés entre auteurs, éditeurs et lecteurs venus de tous les azimuts. J'ai gardé quelques adresses à votre intention si cela vous intéresse, monsieur Sollers – cette pâtisserie où l'on savoure un café turc à l'ombre œcuménique d'un clocher et d'un minaret. Divin, en vérité. Abandonnez votre créneau, monsieur Sollers, abaissez le pont-levis, aérez-vous ! C'est très beau Sarajevo en automne. Ces jeunes filles qui passent en mini-jupes bariolées et ces autres femmes, beaucoup moins nombreuses il est vrai, qui marchent toutes voilées de noir – de quoi méditer des heures durant sur les couleurs de l'Europe, croyez-moi.

Et l'épreuve reine des Jeux de la francophonie dans tout ça ? Josyane Savigneau se fend sans tarder de sa botte secrète en citant le nom de Sollers jusque dans une question adressée à Sollers (battu à plates coutures, le candidat belge éclate en sanglots) : « Revenons à la culture et au fait que depuis la Deuxième Guerre mondiale les Européens ne se regardent plus entre eux. Prenons un écrivain très moyen, comme John Irving : on constate que la France s'est plus intéressée à lui qu'à Nooteboom et les Pays-Bas plus à lui qu'à Sollers. » Eh oui, c'est difficile à croire, et plus douloureux encore à écrire, mais en cette Europe du XXIe siècle subsistent malgré tout quelques poches d'obscurantisme où l'on parle moins de Sollers que d'autres écrivains. Dieu sait pourtant que *Le Monde des livres* s'efforce de donner le bon exemple. C'est à désespérer du genre humain.

Mais puisque l'ensemble du papier se veut une démolition en règle de l'initiative de Michel Le Bris, coupable de préférer une littérature du vent dans les voiles à une littérature de cabotage et de cabotinage, il ne faut pas craindre d'en rajouter. Illustration tirée de la colonne suivante : « C'est justement pour cela qu'à l'occasion du festival Étonnants voyageurs à Sarajevo, ce qui est un beau symbole, mais encore une manière de demander aux écrivains de faire social et collectif, nous avons souhaité un dialogue, non institutionnel, entre deux écrivains européens, ce qui, malgré ce que vous dites, est désormais peu fréquent. Plus rare que dans la première moitié du XXe siècle. »

Francis Bueb, ancien directeur des rencontres culturelles de la FNAC, a fondé en 1993, au 29, rue du Maréchal-Tito à Sarajevo, une bibliothèque devenue en 1996 le Centre André-Malraux. Au plus fort de la guerre en Yougoslavie, dans une ville totalement assiégée, de nombreux Bosniaques n'hésitaient pas à braver les tirs croisés des snipers et le déluge des bombardements pour y emprunter un livre français ou y voir un film de Jean-Luc Godard. Sur la base de ce simple rappel historique, il saute aux yeux que Francis Bueb, promoteur sans vergogne d'une Europe « abstraite », a lâchement déserté le front de Seine pour aller faire carrière dans les Balkans, qu'en conséquence tout dialogue mené dans le centre qu'il dirige prend un caractère violemment « institutionnel » et que lui-même présente une fâcheuse tendance à « faire social et collectif ». Après tout, chacun pour soi et laissons crever les Bosniaques jusqu'au dernier. Mais de grâce, pas de social et moins encore de collectif ! De la désinvolture que diable, de la désinvolture avant toute chose, tout cela manque furieusement de désinvolture ! Quoi, ai-je bien entendu, « les livres peuvent empêcher la guerre » ? Pas désinvolte pour deux sous ce pauvre Bueb... D'ailleurs, il se réclame d'André Malraux, encore un qui faisait « social et collectif » à l'étranger, en Espagne c'est bien ça ?, plutôt que de cultiver l'égotisme à *La Closerie des Lilas*. N'était-ce pas justement au nom d'une Europe qui risquait déjà de devenir monochrome ? Et puis on dirait que c'est contagieux, ma parole, écoutez un peu l'écrivain roumain Vasile Andru : « Ce que nous faisons ici, à nous rencontrer, est peut-être plus important que d'écrire un livre. » C'est triste à dire, mon bon monsieur, mais on n'aurait jamais entendu ça du temps de Ceausescu. À l'époque, aucun risque de se retrouver autour de la même table que des écrivains roumains (la honte !), ils étaient tous en prison, en résidence surveillée ou empêchés de sortir du pays. Après être restés un demi-siècle sans les voir ou leur parler, le plus dur était fait, ce sont les cinquante premières années les plus difficiles, continuons sur la lancée. Traverser la moitié de l'Europe jusqu'à Sarajevo pour « faire social et collectif » avec des auteurs albanais, bulgares, macédoniens... fi donc ! ce serait véritablement le comble du mauvais goût, ma chère. S'ils veulent à tout prix socialiser, qu'ils se payent donc un billet pour Paris, je serai en terrasse, s'ils n'ont pas les moyens, qu'ils viennent en auto-stop, et s'ils n'ont pas de pain, qu'ils mangent de la brioche.

Trêve de précautions rhétoriques, certaines choses doivent s'exprimer sans détour : le cœur au bord des lèvres, nous barbotons ici dans l'abjection.

Josyane Savigneau et l'autoproclamé Danube de la pensée ont ramassé la trique et le knout tombés des mains d'un autre fameux couple dictatorial, lequel, pour faire référence à une inoubliable réplique de Woody Allen dans *Casino Royale*, commit par certain hiver historique la plus fatale erreur qui soit : « se laisser entamer par des objets métalliques ». Du temps de la Roumanie totalitaire, les écrivains n'en faisaient jamais assez dans le social, ce qu'un appareil répressif ne manquait pas de leur enfoncer dans le crâne, parfois au sens littéral de l'expression ; dans la France démocratique d'aujourd'hui, les écrivains sont cloués au pilori médiatique pour répondre de l'accusation inverse. Blanc bonnet et bonnet blanc de la tyrannie ordinaire. À ceci près que lorsque viendra le tour de

Josyane Savigneau de monter dans l'hélicoptère pour fuir son palais de carton, Philippe Sollers se contentera de lui souhaiter bonne route en agitant d'une main son mouchoir, de l'autre un drapeau troué en son centre, car il aura déjà pactisé avec le nouveau pouvoir. En dépit du nom de plume qu'il s'est choisi, M. Sollers fonctionne en effet plutôt à l'énergie éolienne, et il se trouve que les vents ne cessent de tourner, de Mao à Messier, de Balladur à Jospin. Du déboulonnage de statue au krach boursier en passant par les impossibles défaites électorales au premier tour, tous ses champions se retrouvent invariablement le nez dans le caniveau (c'est la faute à Joyaux). Bon à savoir : lorsqu'on fréquente Philippe Sollers, mieux vaut disposer d'un héliport à proximité de chez soi.

Les extraits plus haut cités s'inspirent tous pour l'essentiel d'une classique rhétorique totalitaire où l'écrasement de l'insoumis[1] passe par une inversion des rôles. Ceux qui font tant bien que mal fonctionner un centre culturel dans les problématiques Balkans (Bruxelles venait de couper les vivres au Centre André-Malraux au moment où paraissait l'article du *Monde*) sont des notables bouffis de respectabilité, ceux qui occupent les plus hautes fonctions au sein des plus puissants journaux et des plus grandes maisons d'édition sont des romantiques révoltés, réfractaires à

1. Il est vrai que Michel Le Bris pousse très loin le bouchon de la dissidence : « C'est à l'intérieur de la culture que se jouera le combat contre la barbarie. Il faut réhabiliter la valeur du sujet, de la force intérieure du sujet, loin des théories qui, de Derrida à Houellebecq, proclament la mort du sens, la mort de l'homme. Je crois à la puissance de création et de résistance de l'écrivain. Nous sommes là, tous ensemble, pour affirmer ce refus et cet espoir. »

l'ordre moral, des victimes de l'establishment. *La Littérature sans estomac* fait-elle vaciller sur son piédestal Philippe Sollers, le pape des lettres françaises qui, de surcroît, fut trop heureux de baiser les sandales du Saint-Père à Rome ? Le pontife laisse tomber en retour que Pierre Jourde est « un universitaire, encore un petit prêtre du clergé... ». En un mot, c'est celui qui dit qui l'est, comme on l'énonce avec sagacité dans les cours de récréation, et l'article à charge dont il a été plus haut longuement question est en réalité un manifeste libertaire. Dans le même esprit, lorsque Josyane Savigneau fait audacieusement remarquer à Philippe Sollers que, en Hollande, on s'intéresse moins à ses livres qu'à ceux de John Irving, l'intéressé répond sans rire à la fausse impudente qu'elle confond la culture et le marché. Il n'a en effet rien à voir avec le marché cet écrivain dont feu Renaud Matignon a pu écrire : « Philippe Sollers est incontestablement l'homme de la semaine : pour la sortie de son dernier produit, intitulé *Le Cœur absolu*, il vient de donner une leçon d'économie et de commerce, on n'a vu que lui, huit jours durant, sur les trois chaînes de télévision, dans les gazettes et dans les studios de radio. Grâce à lui, la littérature qui intéressait les pages culturelles de nos journaux relève désormais de la rubrique consommation. [...] Bernard Tapie de la chose imprimée, il se fait éditeur, critique, chef des ventes et agent publicitaire. Il use de son charme et se consacre des commentaires généralement élogieux. Il obtient, en outre, ceux du *Monde* et des grands hebdomadaires [1]. » On aura

1. *La Liberté de blâmer*, Renaud Matignon, Bartillat, 1998, p. 554-555.

également noté au passage une autre caractéristique du discours totalitaire, à savoir que l'ordre du discours tend à supplanter le principe de réalité : « C'est justement pour cela qu'à l'occasion du festival Étonnants voyageurs à Sarajevo (...) nous avons souhaité un dialogue, institutionnel, entre deux écrivains européens » donne dans les faits, ainsi qu'on a pu le vérifier : « À l'occasion du festival Étonnants voyageurs à Sarajevo, nous allons vous parler de tout autre chose. »

Voici, dans son intégralité, la chute de cet article édifiant qui redonne tout leur lustre aux adjectifs « complaisant » et « grotesque » :

« Pour finir, une devinette : à propos duquel de vous deux a-t-on écrit ceci : "À le lire, ses arpèges de virtuose, ses emboîtements, ses fausses confidences [...] la manière inimitable qui est la sienne de capter le lecteur..."

Philippe Sollers : Nooteboom.

– [...] on a parfois l'impression que le brillant de la forme, la richesse de l'invention l'emportent sur la solidité du discours.

Philippe Sollers : Là, ce doit être moi.

Cees Nooteboom : Non, c'est un Néerlandais qui écrit sur ce que je fais.

– C'est dans le feuilleton du *Monde* le 9 décembre 1994, sur *L'Enlèvement d'Europe*.

Philippe Sollers et Cees Nooteboom, hilares : La démonstration n'est-elle pas faite ? »

De fait, on a rarement vu démonstration plus éclatante. Mais que diable Cees Nooteboom allait-il faire dans cette galère ? La question vaut d'être posée quand on sait que peu d'écrivains contemporains placent de manière aussi décisive et aussi passionnante la question de l'Histoire au centre de leur œuvre. Pas de meilleur exemple, et pas de plus récent non plus, que son dernier roman traduit en français, *Le Jour des morts*[1], où l'écriture, l'errance urbaine, le passé et l'avenir s'ébranlent d'un même mouvement et marchent dès lors du même pas : « Ainsi commençait souvent, avec Victor, une promenade dans Berlin. Dans ces moments-là, il semblait se confondre avec la ville même, la ville qui se rappelait ici un assassinat politique, là une rafle, un autodafé de livres, l'endroit où Rosa Luxemburg avait été jetée dans le canal de la Landwehr, la limite exacte de l'avancée des Russes en 1945. Il lisait la ville à livre ouvert... » Que l'on puisse confondre ce grand auteur néerlandais avec Philippe Sollers, même à l'occasion d'une variante journalistique de « Qui veut gagner des millions ? », relève de la pure et simple aberration. Question d'attitude et de latitude. D'un côté, un romancier au sommet de son art, résolument campé au centre de son temps et de sa géographie, qui ne cesse d'affirmer qu'être européen est autant manière de penser que de ressentir : « À l'angle de la Savignyplatz, une soudaine bourrasque de neige l'atteignit de plein fouet, il eut peine à rester debout. Ça devenait sérieux. Climat continental. C'était pour lui une raison de plus d'aimer Berlin, il avait toujours le sentiment de se trouver dans une immense plaine qui s'étendait d'un seul tenant jusqu'au fin fond de la Russie. Berlin, Varsovie, Moscou, n'y représentaient que d'éphémères haltes. » De l'autre, un écrivain exsangue, acculé aux derniers expédients (recopiage de fiches, de définitions du dictionnaire, etc.), exilé ou plus précisément exîlé au large

1. *Le Jour des morts*, Cees Nooteboom, traduit du néerlandais par Philippe Noble, Actes Sud, 2001.

du Vieux Continent, *poor Napoleon*, penseur sans pensée, libertin blasé et jouisseur en bout de course ainsi que le laissent entendre quelques confidences distillées dans son dernier roman, manière de sous-Casanova crépusculaire, lequel ne sait plus faire pièce au néant qui gagne de toute part qu'en proclamant que la fin de son histoire est aussi la fin de l'Histoire tout court. « Un 11 septembre éditorial », pronostiquait-il au sujet d'un nanar intitulé *L'Étoile des amants* – nous vivons bien l'époque de perfectionnement théorisée par Imre Kertesz : après la politique et l'amour, c'est désormais l'Histoire qui devient un infini à la portée des caniches. De l'indigent manifeste hédoniste qui ouvre un des derniers numéros de *L'Infini* à « Liberté surveillée [1] » où l'incapacité de penser le monde se travestit sous les dehors d'une poussive ironie, il s'agit d'affirmer que « Tout disparaîtra avec moi ». C'est que, pour passer en une trentaine d'années du culte de Mao au culte du moa, Philippe Sollers a brûlé les étapes et crevé sous lui plusieurs chevaux de bataille. Un temps attiré comme mouche à miel par les plus criminelles variétés du messianisme totalitaire, il a ensuite, ainsi que le voulait Marx, représenté la tragédie sous forme de farce en se ralliant au Messiernisme. Quel nouveau dada enfourcher au soir de son existence ? Parvenu à bride abattue jusqu'au dernier relais de poste, une double mauvaise nouvelle l'y attendait : non seulement le maître des lieux ne dispose plus même d'une mauvaise carne de rechange, mais il vient de donner sa dernière chambre à une drôle de dame, toute de noir

1. Tribune de Philippe Sollers parue en première page du *Monde* le 21 novembre 2002.

vêtue et qui refuse obstinément de se séparer d'une grande faux. Qu'en disent les textes anciens en semblables circonstances ?

« Les tambours dans les rues pressent les passants qui se hâtent / Le soleil infléchi vers l'ouest s'apprête à décliner / Aux sources jaunes, il n'y a point d'auberge ; / Cette nuit chez qui coucherai-je ? »

De posture en imposture, Philippe Sollers a fini par laisser tomber le dernier masque – et celui-ci ne dissimulait aucun visage. Nous avions affaire à Zorro, « le renard de l'édition française » ainsi que l'a surnommé une journaliste, nous découvrons aujourd'hui son serviteur Bernardo, faux sourd et vrai muet, contraint de rouler des yeux pour prévenir son maître d'un danger – « suivez mon regard » scande Sollers au long de « Liberté surveillée », incapable de s'expliquer davantage.

Rien à attendre, décidément, d'un écrivain qui réduit la vie littéraire à un ignoble jeu de société et spécule sur les ruines de Sarajevo comme des joueurs de Monopoly bâtissent leurs hôtels sur la rue de la Paix. Quand le débat intellectuel n'est plus que bruit de fond, parasitages divers et caquetage social, quand, désinvolture oblige[1], l'Histoire doit moins évoquer un combat de

1. De lui-même et d'hypothétiques semblables, Philippe Sollers écrit dans « Liberté surveillée » : « Dans un moment historique où les mots les plus couramment employés sont “vigilance”, “contrôle”, “prévention”, “précaution”, on les voit persévérer dans une désinvolture inacceptable. Ils semblent prendre à la légère les grands problèmes de l'heure, le terrorisme, par exemple, qui ne parvient pas à les terroriser comme il faudrait. L'esprit de sérieux leur manque, quelque chose nous dit que leur ironie est la preuve d'un vice foncier. On les somme de prendre parti, ils se dérobent. On leur annonce la mort de Dieu et de l'Homme, la fin de l'Histoire, la nécessité de sauver les démocraties, ils sourient. »

Titans qu'une séance de Guignol, on finit par obtenir le résultat voulu : une littérature française essentiellement provinciale, nombriliste, autiste, des écrivains qui évoquent un banc de poissons surpris par la sécheresse, échoués en eaux basses au bord de l'asphyxie, la bouche grande ouverte pour trouver l'inspiration.

Alors, que faire ? comme se le demandait déjà un ancien maître à penser de Philippe Sollers. Quelle assurance sur l'avenir ? Comment satisfaire un légitime besoin d'éternité ? Comment ne pas devenir le Catulle Mendès de son temps ?

Le clonage ? Le navrant article d'un protégé de Sollers sur Roland Barthes, paru voilà quelques semaines en une du *Monde des livres*[1], s'avère un pastiche fort convaincant des textes que commet généralement au même endroit l'auteur de *Femmes*. La mention obligatoire du mot « subversion » dans le titre vaut tous les labels de fidélité. La nouvelle génération est prête. Maigre consolation pour le long séjour dans l'au-delà.

Le radotage ? Autre moyen de figer le temps, mais l'incessant recyclage auquel se livre Philippe Sollers présente le même inconvénient que la photocopie : le texte second est souvent plus pâle que l'original. Il n'est que de voir comment le motif homérique, si dynamique chez Nooteboom, se fait lettre morte chez Sollers.

L'étude ? À condition que les textes anciens soient médités avant que d'être édités. Nous avons l'honneur de proposer à Philippe Sollers son premier *exercice de vacance* :

1. « Barthes, subversion subtile » par François Meyronnis, dans *Le Monde des livres* du 29 novembre 2002.

« Qu'est-ce que la vie ?

– Joie des heureux, tristesse des malheureux, attente de la mort.

– Qu'est-ce que la mort ?

– Événement inévitable, pérégrination incertaine, larmes des vivants, confirmation du testament, voleuse de l'homme.

– Qu'est-ce que l'homme ?

– Propriété de la mort, voyageur et passager, hôte du lieu.

– À quoi ressemble l'homme ?

– À la pomme.

– Comment l'homme est-il posé ?

– Comme une lanterne dans le vent[1]. »

Monsieur Sollers ou une certaine idée de l'infini.

> « Quelle profession sordide ! Gagner son pain en commentant cruellement les efforts de création d'un homme » (Frederick Busch, *L'Inspecteur de nuit*).

L'affaire Jourde s'est cristallisée autour des six pages qui concernent les relations de Philippe Sollers et du *Monde des livres*. Six pages sur plus de trois cents : l'essentiel se situe donc ailleurs.

Pour commencer, Pierre Jourde fait un sort non pas à Philippe Sollers en tant qu'homme de réseaux – ç'aurait

1. Alcuin, *Disputatio du prince royal Pépin avec le maître Albinus*.

bien été le diable si notre homme ne s'était pas fait quelques copains de bistrot à force d'accrocher une veste réversible au dossier des chaises de divers établissements germanopratins – mais à Philippe Sollers en tant qu'intellectuel figé dans la posture du *Penseur* de Rodin. Pour mieux convaincre du caractère vertigineux de ses vues sur le monde en général et sur la littérature en particulier, Philippe Sollers fait régulièrement scintiller aux yeux des gogos quelques pièces de fausse monnaie cérébrale qu'il laisse ensuite tomber au fond de son esprit, comme s'il s'agissait d'un puits. Et tous de se figer dans l'attente du « plouf ! », qui ne vient jamais (et pour cause), ce que le bateleur mondain interprète comme la preuve même des profondeurs véritablement abyssales auxquelles atteint sa pensée, et ce que le pamphlétaire voit plus prosaïquement et plus justement comme un mauvais tour de passe-passe. Dans ce registre, le défunt Garcimore était tout de même plus drôle et moins répétitif (et puis le rituel prologue comique débouchait, avec ce merveilleux artiste, sur un véritable tour de prestidigitation). À chacun ses références favorites : invité par Philippe Vallet sur France Info, Pierre Jourde a préféré en appeler au fameux gimmick d'Aldo Maccione qui se pavane sur la plage en roulant des mécaniques, grotesque parade amoureuse que ne suit jamais aucun passage à l'acte.

À l'occasion de l'un des « Interludes » qui ponctuent *La Littérature sans estomac*, l'auteur, qui garde sans doute au fond de son cœur et de son grenier une vieille collection de *Pif Gadget*, explique comment construire et faire fonctionner une ingénieuse « machine à poésie » dont le maniement enfantin permet, en très précisément deux minutes et trente secondes, de produire une douzaine de vers qui ouvriront à leur auteur quantité de revues et d'anthologies. Ne souhaitant pas être en reste dans cet amical concours Lépine, j'ai pour ma part conçu une machine destinée à faire du Sollers sans peine. La matière première qui sert à l'alimenter est à la fois abondante, facilement disponible et bon marché. Ainsi que nous l'allons voir, elle se trouve littéralement à la portée de tout le monde : les cafés du commerce et les vieux oncles ratiocineurs en possèdent notamment d'impressionnants stocks de diverses qualités. Une fois glanés autour d'un comptoir quelques propos à bâtons rompus sur l'immédiate actualité, il suffit ensuite de leur donner la forme d'une simple et stricte énumération pour obtenir « Le Journal du mois » de Philippe Sollers dans *Le Journal du Dimanche* (au début, veiller d'ailleurs à ne pas dépasser un rythme mensuel car l'exercice peut se révéler lassant. Ensuite on s'habitue, ne pas hésiter à forcer sur le procédé).

La simple énumération présente bien des avantages : les colonnes se remplissent facilement (compléter au besoin par un peu d'auto-publicité ou de promotion pour un de ses poulains qui brigue le Prix Goncourt), l'huissier se trouve en outre dispensé de tout effort d'imagination et débarrassé de tout souci de style. L'énumération est pour Philippe Sollers ce que les points de suspension étaient pour Céline. Celui-ci en comparait la trouvaille à celle du bouton pression, il semble que Philippe Sollers ait pour sa part inventé la fermeture éclair qui ne cesse de se coincer.

Quant au vieil oncle ratiocineur, on remplacera terme à terme son éternel radotage par de vagues considérations sur l'époque contemporaine.

Si le tonton raseur laisse par exemple tomber : « Ça, mes enfants, comme je le dis toujours, il n'y a pas de fumée sans feu, mais après la pluie vient le beau temps. D'ailleurs, c'est depuis qu'ils envoient toutes ces fusées dans l'atmosphère que ça s'est détraqué. Mais tout vient à point à qui sait attendre... ouh la la, ouh la la, ces rhumatismes sont très douloureux... », ses propos donnent, après traitement, l'intervention de Philippe Sollers dans l'émission de Pierre Assouline du 26 juin 2002, ci-après fidèlement retranscrite :

« Oui, l'incendie boursier prend des proportions inquiétantes pour les colonnes du temple, mais ça va se calmer, on va éteindre l'incendie. Vous remarquerez que tout ça, c'est depuis le 11 septembre, les Twin Towers, Al Qaida qui attend dans l'ombre, ouh la la, ouh la la... Ben Laden, un milliardaire très dangereux... »

Propos salués par les gloussements de la « claque » que Sollers ne manque jamais de traîner après lui puisque « Première édition » était ce matin-là diffusé depuis *Le Select*, célèbre café du boulevard Montparnasse. Sollicité pour intervenir dans les mêmes conditions quelques semaines plus tôt, Pierre Jourde avait eu la surprise d'apprendre que son invitation était brutalement annulée sur demande expresse de la direction de France Culture, au double motif qu'une émission en public exigeait des invités plus prestigieux (*sic*) et que la politique de la chaîne était de coller à l'actualité proche-orientale (re-*sic*). Telles furent du moins les explications fournies par Pierre Assouline. Cahier des charges rempli, tant du point de vue du prestige que des éclairages décisifs de Philippe Sollers sur les douloureuses subtilités du conflit israélo-palestinien – se reporter à l'extrait cité plus haut. Pierre Assouline m'assura qu'il ferait tout son possible pour reprogrammer Pierre Jourde et eut l'élégance d'ajouter que, dans le cas où il n'y parviendrait pas, cela signifierait qu'il y avait bien anguille sous roche, ou plus précisément volonté de censure (pour annoncer la mauvaise nouvelle, sa collaboratrice avait d'ailleurs choisi cette magnifique entrée en matière téléphonique : « L'invitation de Pierre Jourde est annulée, mais ce n'est pas ce que vous croyez... »). On connaît la suite, l'invitation faite à Sollers à la place de Pierre Jourde et le « débarquement » de Pierre Assouline quelques semaines plus tard, jugé soudain « trop vieux ». Le Moloch totalitaire ne peut se contenter de quelques signes d'allégeance, il lui faut sa ration de chair fraîche. Assouline n'avait-il pas laissé paraître dans *Lire* un article fort élogieux de Gabrielle Rolin sur *La Littérature sans estomac* ? Quantité d'auteurs est-européens ont pourtant démonté les rouages de cette machine infernale qui exige sans cesse de nouvelles victimes expiatoires, le bourreau d'un jour devenant le supplicié du lendemain, pour continuer de fonctionner – les frères russes Arkadi et Gueorgui Vaïner ont ainsi signé le chef-d'œuvre du genre avec *L'Évangile du bourreau*[1] où, au plus fort de la dictature stalinienne, un tortionnaire subalterne entreprend de régler la chorégraphie de cette danse macabre, inventant à mesure de nouvelles figures du complot, afin de détourner l'attention du Petit Père des Peuples de sa propre personne.

1. *L'Évangile du bourreau*, Arkadi et Gueorgui Vaïner, traduit par Pierre Léon, Gallimard, 2000.

Il faut croire que Pierre Assouline n'avait pas lu les frères Vaïner ou qu'il était encore ébloui par la foudroyante attaque portée tout juste un mois plus tôt par Philippe Sollers en ouverture de sa contribution au *Journal du dimanche* à propos des élections présidentielles : « Nous avons eu le séisme, nous avons eu le sursaut. Les Français sont un peuple électrique et imprévisible : ils aiment les convulsions, les tourbillons, les manifestations, la collectivisation des émotions. » Pour ce qui est de l'imprévisibilité, le fait qu'aucun gouvernement, de droite comme de gauche, ne soit parvenu depuis 1981 à garder sa majorité parlementaire, nous avait bien déjà quelque peu mis la puce à l'oreille – encore que pareille régularité dans l'imprévisibilité relèverait plutôt à la longue d'une remarquable prévisibilité. Mais qu'un peuple qui a choisi de commémorer une révolution pour sa fête nationale soit porté sur les convulsions et les manifestations, voilà ce que l'on nous avait trop longtemps caché – seuls en témoignaient encore quelques vieux calendriers qui circulaient sous forme de samizdat. Philippe Sollers a eu le courage de hurler cette vérité à la face du « clergé », catégorie assez vague que l'on pourrait cependant définir par l'ensemble des personnes qui ne le tiennent pas pour un génie. Le 14 juillet prochain, nous pourrons enfin sortir de chez nous sans crainte de représailles et, qui sait ? nous en profiterons même peut-être pour organiser des défilés et des bals populaires. Reste une question en suspens : pourquoi revient-il si souvent à Sollers de nous rappeler la couleur du cheval blanc d'Henri IV ? En première page de son *Casanova l'admirable*, il affirme sans ciller à propos de l'écrivain vénitien qu'« On croit savoir qui est Casanova. On se trompe » et au sujet de son volume de mémoires que « très peu de gens savent qu'il a été écrit en français ». Nous sommes pour notre part en mesure d'affirmer que moins de lecteurs encore savent que Ionesco écrivait lui aussi en français. Que ceux qui sont dans la confidence au sujet de Cioran se comptent sur les doigts d'une main. Et que personne, personne, n'a jamais su la vérité au sujet de Beckett. Que Cervantès et Cendrars étaient tous deux manchots demeure pareillement l'un des secrets les mieux gardés au monde. Qui a donc intérêt à cacher ces vérités ? Qui ?

Et une interrogation subsidiaire : à force de courir après son époque, quand donc M. Joyaux finira-t-il par la rattraper ? Philippe Sollers est un peu la version hexagonale de l'inspecteur Harry, le personnage interprété à l'écran par Clint Eastwood qui, le temps passant, s'essouffle toujours davantage à filer le train d'une délinquante jeunesse aux semelles de vent, jusqu'à être victime d'un infarctus et se faire greffer un cœur (absolu ?) dans le dernier épisode en date[1]. Dès 1965, en ouverture d'une chronique parue dans... *La Nouvelle Revue française*[2], Georges Perros qualifiait l'auteur du *Parc* d'« anachronique » et discernait chez celui-ci la tendance à « un agenouillement suspect devant les maîtres ». On ne saurait mieux dire ni mieux lire dans l'avenir. Et de poursuivre que « c'est bien Sollers qui m'a tout l'air hors de notre temps, si tant est qu'on en ait un » avant de conclure fort joliment :

1. *Créance de sang* (Blood Work) de et avec Clint Eastwood, 2002.

2. *La Nouvelle Revue française* n° 147 du 1er mars 1965.

« Mais se tenir assez droit dans une vie que pour ma part je trouve plutôt tanguante pour y aller sottement de sa vieillarde opinion, c'est grave. » À l'époque, les vieillardes opinions de l'oncle Philippe ne s'étalaient pas encore à la une de ce que Muray appelle, dans un récent et plus que stimulant ouvrage collectif, « *Le Monde*, ou plus exactement son hallucinogène supplément savignesque "des livres"[1] ».

Le bien du peuple ne doit pas faire perdre de vue son propre intérêt. L'encre du Journal de Sylviane Agacinski n'est pas encore sèche que le jospinien Philippe Sollers fait dans le sien allégeance à Dominique de Villepin, romancier et nouveau ministre des Affaires étrangères du gouvernement Raffarin. Après une longue citation (toujours ça de gagné) du *Cri de la gargouille*, il laisse tomber : « Vous venez de lire du Chateaubriand, du Hugo, du Malraux, du de Gaulle ? Non, du Villepin. Je dois l'avouer : un frisson me saisit devant cette poésie grandiose. »

À force de lécher les mocassins et les maroquins, c'était fatal, Philippe Sollers est secoué en bas de colonne d'un renvoi d'encenseur : « Villepin, me dit-on, est en train de relire ce petit chef-d'œuvre de moi, paru en 1998, qui s'appelle *Les Folies françaises.* » Suit encore une petite citation du *Cri de la gargouille* en guise de digestif. Le tout bien entendu saupoudré d'une ironie factice qui permettra, en cas de problème, de prétendre que tout cela n'était que plaisante manière, très dix-huitième siècle en sôômme, de railler Villepin et son livre. Au temps révolu des duels,

1. Dans *Le cadavre bouge encore*, collectif sous la direction de Pierre Bottura et Oliver Rohe, Chronic'art/Léo Scheer, 2002.

Philippe Sollers aurait souffleté son adversaire avec la doublure de son gant – de manière à plaider le vice de forme dans l'éventualité où l'offensé se serait piqué de relever le défi.

Revenons cependant à ce 26 juin 2002 car, dans son inépuisable générosité, Philippe Sollers ne se contenta pas de jeter quelques fulgurantes lueurs géopolitiques sur un monde complexe mais condescendit en outre à nous entretenir, dès potron-minet, de la soixante-dix-neuvième livraison de *L'Infini*, revue trimestrielle qu'il dirige pour le compte des éditions Gallimard. L'affaire ne souffrait en effet aucun retard ainsi qu'un rapide examen du sommaire nous le confirme. Après un éditorial signé Philippe Sollers, manière de variation poussive sur le dicton « Pour vivre heureux, vivons caché » habillé de citations de Lautréamont et des *Hymnes spéculatifs du Véda*, se succèdent :

– les réponses de Philippe Sollers à une interview sur Sade précédemment parue dans un journal brésilien (mais sans les questions correspondantes, celles-ci n'étant pas de Philippe Sollers) ;

– un article de Philippe Sollers sur Tchouang-tseu précédemment paru dans *Le Monde des livres* ;

– un article de Philippe Sollers sur les *Carnets* de Proust précédemment paru dans *Le Monde des livres* ;

– un article de Philippe Sollers intitulé *Film* précédemment paru en préface de *Bataille*, *Sollers*, *Artaud*, de André S. Labarthe, où Philippe Sollers nous fournit au passage quelques précisions sur le prochain livre à paraître de Philippe Sollers ;

– deux pages d'une partition de Mozart ;

– vingt-sept pages d'une édition critique signée Thierry Sudour de *Paradis*, roman de Philippe Sollers ;

– un autre extrait d'une partition de Mozart ;

– vingt-six pages des carnets de François Meyronnis, fidèle écuyer de Philippe Sollers et auteur de *Ma tête en liberté* dans la collection « L'Infini » que dirige Philippe Sollers ;

– une interview de Julia Kristeva, compagne de Philippe Sollers, précédemment parue dans *Télérama* : « l'écriture de Colette » (cinq pages sur Julia Kristeva, une page sur Colette) ;

– un article sur Victor Hugo qui, singulièrement, n'est pas signé Philippe Sollers mais Lucette Finas ;

– un article de Frans de Haes (qui fit paraître des entretiens avec Philippe Sollers dans la collection « L'Infini » que dirige Philippe Sollers) sur *Le Christ volé* de Dominique Rolin (quoique certains secrets d'alcôve soient depuis beau temps secrets de polichinelle, disons simplement que nous restons là en famille sollersienne) ;

– un article de Florence Lambert sur *Pamina* ;

– et, enfin, deux contributions de Marcelin Pleynet, colocataire du bureau de Philippe Sollers chez Gallimard, sur Ezra Pound et Stravinski, dont la première précédemment parue dans les pages du *Monde des livres*, Marcelin Pleynet se trouvant de plus être, qui l'eût cru ?, l'auteur d'un livre dans la collection « L'Infini » que dirige Philippe Sollers.

Il faudrait être d'une parfaite mauvaise foi pour estimer que ce bric-à-brac démérite, si peu que ce soit, de la profession de foi assenée dans l'éditorial : « [L'intime radical] Cela exige une clandestinité, au moins égale à celle d'un terroriste en action. » Quelques esprits chagrins, c'est à craindre, ne manqueront toutefois pas de faire remarquer qu'il est peu courant qu'un terroriste fournisse son arbre généalogique, sans négliger les soupirantes et les valets de pied, et plus rare encore qu'il annonce le lieu et la nature de son prochain attentat comme le fait Sollers dans *Film* avec l'inimitable pudeur et le goût du retrait presque maladif qui le caractérisent :

« Supposons maintenant que je veuille filmer ma vie. C'est, à l'instant où j'écris ces lignes, le soleil sur ma gauche grandissant en force à travers la pluie. La première image est donc celle du papier blanc avec écriture d'encre bleue sur fond de cahier à couverture mauve. Pourquoi *mauve* ? »

Il nous faut ici marquer une pause afin que le lecteur se prépare mentalement à la révélation qui suit :

« Parce que le personnage féminin de mon prochain roman s'appelle Maud et que cette couleur lui va. Je la décrirai donc en maillot mauve nageant dans l'océan gris-bleu, non sans penser à la façon dont Homère parle de la “mer vineuse”. Le mauve, le gris-bleu, le vin, la nage, la respiration qui me tient en vie, le cœur, le sang qui circule, le soleil, la nuit. »

La vieillesse est un lent naufrage et, même avec une bouée estampillée « Homère » autour du cou, même dans un océan gris-bleu, il est à craindre que celle de Sollers paraisse bien longue à tout le monde (d'après Jean-Luc Douin qui rend compte à la une du *Monde des livres*, c'est bien le moins pour pareil bijou littéraire, du dernier roman de Philippe Sollers (*L'Étoile des amants*), celui-ci se serait déjà mis au jardinage). Un homme politique, pour lequel je travaillai dans une autre vie, m'avait prié de lui dire en toute franchise si, l'âge venant, il donnait des signes de gâtisme. Le moment venu, je m'acquittai de cette mission – et il me renvoya sur-le-champ. Mais peu importent les risques, quelqu'un doit se dévouer de toute urgence auprès de Philippe Sollers – un ami proche, une relation de travail, une personne qui saura trouver les mots justes. Je comprends mieux ce que me disait ce vieux renard de l'édition (lequel a d'ailleurs récemment changé de tanière, ami lecteur, sauras-tu le reconnaître ?) invité dans le même talk-show câblé que Pierre Jourde : « Laissez donc Sollers en paix, on ne tire pas sur une ambulance. » Sur le principe du trop fameux « dîner de cons », Sollers est d'ores et déjà invité à des « plateaux de cons » où des animateurs télévisuels ou radiophoniques ne le convient que pour rire et faire rire à ses dépens. Exemple authentique tiré de l'émission de France Culture du 26 juin 2002 :

« Vous avez inclus des partitions de Mozart dans le dernier numéro de *L'Infini...* », lance perfidement Pierre Assouline.

« Oui, oui, tout à fait », claironne en toute candeur le malheureux Sollers, qui n'a pas flairé le piège – et comment aurait-il pu soupçonner tant de noirceur ?

« Mais vous lisez le solfège ? » insiste l'animateur.

« Euh... », finit par concéder le spécialiste autoproclamé de Mozart.

« Eh bien, ça se voit ! » conclut triomphalement Pierre Assouline en se mordant probablement les lèvres, difficile à dire quand on écoute la radio, ce qui déclenche une salve de gros rires dans l'assistance pourtant acquise à la cause.

Il est absolument ignoble de se moquer ainsi des vieilles personnes et de leurs marottes – je suis convaincu que chacun partagera mon indignation.

Et Pierre Assouline, qu'on ne savait pas si dépourvu de cœur, de récidiver quelques instants plus tard en s'arrangeant sournoisement pour que son invité se vante de diriger une revue sans publicité... alors même qu'il a exposé en début d'émission que *L'Infini* est une revue des éditions Gallimard, lesquelles épongent sans barguigner les pertes du trimestriel sollersien (ainsi que le fait toute maison d'édition placée en semblable situation), et que le sommaire du dernier numéro en date se confond d'un bout à l'autre avec un prospectus publicitaire à la gloire de son directeur.

Un peu de respect pour le troisième âge, monsieur Assouline ! Profiter ainsi de seniors un peu déboussolés est tout bonnement indigne de vous.

Rigodon pour une autre fois.

Au fond, *La Littérature sans estomac* est avant tout un livre pratique, qui propose une grille de lecture des productions sollersiennes dans le domaine critique. Instrument d'évaluation qui permet de séparer tout un tape-à-l'œil rhétorique, lesté de quelques franches inepties, des formules pertinentes et des vues originales. Force est de constater, après examen, que la balance penche fortement en faveur du premier et au détriment des secondes. Qu'importe le flacon, pourvu qu'on ait l'ivraie, gémit à part lui le lecteur de Sollers, écrivain et « éditorialiste associé au *Monde* ». Débordé par les attaques virevoltantes de Pierre Jourde, qui manie sa plume comme un ailier brésilien use du dribble, Philippe Sollers, tel un arrière latéral d'avant le football moderne, est contraint de dégager en touche sans trop se soucier de faire du style (mon salut fraternel sur Roger Marche, que le Très-Haut le prenne en Sa garde). À une question de Justine (c'est presque trop beau !) sur un forum de discussion du *Nouvel Observateur* : « Qu'avez-vous pensé des attaques portées contre vous par Pierre Jourde dans son livre *La Littérature sans estomac* ? », il donne cette réponse aussi piteuse qu'embarrassée : « Qu'elles étaient surtout malhonnêtes. Par exemple quand il dit qu'*Éloge de l'infini* est un simple recueil d'articles alors que ce volume sur au moins trois cents pages est un rassemblement de petits livres sur Cézanne, Francis Bacon, Picasso, Proust, etc. »

Piteuse, embarrassée... et mensongère : Pierre Jourde écrit précisément que « *Éloge de l'infini* se compose en grande partie d'articles publiés dans *Le Monde des livres* » – voir le passage cité plus haut.

Il y a du désarroi dans l'air. Les détracteurs du professeur Jourde en retiendront cependant avec profit que, faute de pouvoir argumenter de bonne foi, on peut toujours procéder à coups de citations tronquées, voire tout bonnement inventées. Nous y reviendrons.

Désarroi d'un côté, silence de l'autre. La rédaction du *Monde des livres* semble dans un premier temps frappée de mutisme. Diable, c'est que l'affaire est moins simple qu'à l'habitude. Il existe en effet des précédents. Ou, pour être plus précis, deux précédents majeurs, chacun dans un registre très différent. Voilà une dizaine d'années, feu Jean-Edern Hallier se lança dans une campagne tout simplement ignominieuse contre Josyane Savigneau, accablée d'insultes parmi les plus viles, de ces insultes qui discréditent et déshonorent avant tout celui qui les profère – dans un autre contexte, Ismail Kadaré évoque joliment des propos « qui brûlent sans distinction la langue qui les formule et l'oreille qui les écoute ». Inutile d'épiloguer à ce sujet tant les procédés du parfois regrettable Jean-Edern Hallier, paix à son âme, furent ici à proprement parler inqualifiables. Le recours parfaitement justifié aux voies légales contribua à éclaircir les rangs de ceux qui avaient cru bon de soutenir ce combat des plus douteux – et la triste parenthèse fut refermée.

Quelque temps plus tard, en 1994, Jean-Philippe Domecq fit paraître *Le Pari littéraire* aux éditions Esprit. Brillant intellectuel (*Robespierre, derniers temps* et *La Passion du politique* au Seuil), romancier talentueux (*Antichambre* chez Quai Voltaire, *Sirènes, sirènes* au Seuil, *Silence d'un amour* chez Zulma, *L'Ombre de ta peau* chez Fayard), esthète aux goûts et dégoûts très sûrs (*Ruisdael, ciel ouvert* chez Adam Biro ou *Artistes sans art* aux éditions Esprit), Jean-Philippe Domecq n'est pas du genre à tremper sa plume dans n'importe quelle encre. On imagine aussi peu une infamie polluer sa prose qu'on se représentait malaisément la divine Chris Evert se curer le nez entre deux échanges à Roland-Garros au temps de sa gloire (d'ailleurs, elle ne consentait à transpirer qu'en dernière extrémité, lorsque la partie passait les ultimes bornes de l'acharnement). Dans son magistral *Pari littéraire*, il voit se lever l'aube d'une nouvelle époque caractérisée par une démission sur tous les plans de la critique, une collusion accrue entre ceux dont le métier est d'écrire des livres et ceux qui font profession d'en parler, et débusque quelques privilèges de ces derniers, si exorbitants que peu s'avisent de les contester : « se placer au-dessus de toute critique, refuser la discussion si le réseau n'en édicte pas lui-même les lois de correction culturelle, ne jamais répondre des incompétences ou des accointances que révèlent leurs articles. À ce compte, l'intimidation peut régner sans frein, sans contre-pouvoir. » Le propos n'a rien perdu de son actualité, il aurait même plutôt gagné en pertinence ainsi qu'en atteste sa récente réédition, augmentée d'essais sur William Gaddis ou la question du désir dans la littérature française contemporaine. Romans de Jean Echenoz et de Michel Rio passés au crible, articles de Josyane Savigneau ou de Pierre Lepape si bien retournés qu'en apparaissent en pleine lumière complaisances et incohérences de divers calibres, portrait charge sous différents angles « D'un écrivain qui se trouve intéressant, très » (gagné ! c'est bien Sollers), inconséquences et parti pris des uns et des autres replacés dans une perspective historique, pavé dans la mare et grenouilles empêchées d'y grenouiller en rond et entre soi (c'est tellement plus confortable), compréhension en profondeur d'une époque au sujet de laquelle beaucoup ne trouvent à dire que plus rien ne sera comme avant le Mur de Berlin (toute ressemblance avec l'après 11 septembre serait loin d'être fortuite), solide érudition, rapprochements féconds entre littérature et arts plastiques, manière ébouriffante de dire tout ce qui précède, et cela pour la seule partie intitulée « La critique, les passions littéraires », car le livre embrasse un champ bien plus vaste... en un mot, nous sommes non seulement à mille lieues des guignoleries de Jean-Edern Hallier mais tout lecteur de bonne foi comprend qu'il tient en mains un essai qui fait date. Et tout tyranneau comprend que la menace de quelques séances d'électrochoc dans un prétoire ne suffiront pas cette fois à ramener l'insensé dans le chemin de la raison. D'autant que l'homme n'a peut-être pas toute sa tête – braver ainsi les foudres de ceux qui ne pardonnent jamais ! Mais il a oublié d'être naïf. Solidement campé sur ses convictions, Jean-Philippe Domecq s'attend à tout, et le fait savoir dans ce passage où l'élégance le dispute à l'émotion : « J'ai donc choisi de parler au nom du lecteur qu'il y a en nous, amateurs de littérature, et ce n'est pas parce que je suis écrivain que je dois toujours faire taire le lecteur que je suis aussi. Quant aux méchants portraits que les intéressés font toujours de celui qui les démasque, il faut s'y attendre et ne s'étonner jamais du pire, ou ne plus vivre parmi les hommes – vieille histoire, n'est-ce pas, vieille histoire depuis l'aube, depuis chaque réveil où l'on se dit qu'il va falloir y aller, parmi eux, un jour de plus, aller parmi eux un jour de plus, un de plus, avant un autre, et un autre et encore un autre et parfois on se dit : le moins possible, oui qu'on en finisse, qu'on prenne congé d'eux puisqu'ils tiennent tant à donner cette version de l'humain. Mais là-dessus, passons, allez. » Il serait du plus mauvais goût de prétendre reculer les barrières de la pudeur disposées par l'auteur lui-même. Et puis il n'est sans doute nul besoin de savoir lire entre les mots pour évaluer la somme des souffrances dont ceux-ci témoignent. Précisons seulement qu'au moment où paraissent ces lignes, Jean-Philippe Domecq en a déjà pas mal subi – le chapitre intitulé « La critique, les passions littéraires » a paru l'année précédente dans la revue *Esprit* et le passage cité plus haut est extrait du texte qui fait office de préface à sa reprise en volume – et que, ainsi qu'il le redoute, il n'est pas au bout de ses peines. Les calomnies succèdent aux attaques les plus basses, les agressions verbales, parfois aux limites de l'agression physique, alternent avec de mauvais procès, teintés à l'occasion d'involontaire tragi-comique. C'est ainsi qu'il lui fut entre autres reproché d'avoir usé de son véritable nom (Martin) dans son article d'*Esprit*, plutôt que de son nom de plume – Domecq, celui d'un écrivain imaginaire inventé par Jorge Luis Borges et Adolfo Bioy Casares. Situation paradoxale à laquelle Bustos Domecq, l'auteur rêvé par les deux maîtres argentins, n'eût précisément sans doute pas dédaigné de consacrer une de ses chroniques : ses détracteurs voient en Jean-Philippe Domecq un parangon de lâcheté pour ne pas avoir signé d'un pseudonyme son audacieux article qui vole tête baissée, disons plutôt tête haute, dans les plumes de « la basse-cour qu'il y a en toute cour ». Comme si, par ailleurs, le style du *Pari littéraire* (à ce mot de style, les plumitifs ébouriffés essayent de s'envoler à tire-d'aile, ce qui n'est pas à la portée du premier gallinacé venu) ne signalait pas son auteur plus sûrement qu'un nom en tête d'article ou en première de couverture ! Mais nous croyons nous rappeler que Romain Gary offrit une belle et longue promenade en bateau – son Émile Ajar, non moins imaginaire que Bustos Domecq, installé à la barre – à tous les fins connaisseurs de la chose écrite.

Il faut de tout pour faire le monde : des joueurs de grosse caisse aussi bien que des étrangleuses ottomanes. Tandis que certains battent le tambour du lynchage collectif, d'autres déroulent silencieusement leurs cordons de soie en coulisse. Il faut agir dans l'ombre de sorte à isoler Domecq, à le priver de tout débouché éditorial en dissuadant tous ceux qui en seraient susceptibles de publier d'autres élucubrations de la même farine que : « Aujourd'hui le débat sur les œuvres est tenu en mains comme rarement il le fut dans ce pays à forte tradition critique. Toute expression critique est immédiatement en butte à l'inversion symétrique des positions, la voix discordante traitée comme réactionnaire, ce qui crée un flou éthique d'un genre nouveau et bien propre par conséquent à laisser se développer une inédite confusion des idées. » Mission accomplie, les éditeurs français ne sont pas gens plus courageux que la moyenne de leurs compatriotes (se reporter à la période de l'Occupation pour une étude comparative plus précise), ni moins sensibles aux pressions : Jean-Philippe Domecq se trouve littéralement empêché de publication pendant plusieurs années. Pour faire bonne mesure, on se doit également de châtier une de ses proches, dont la production est pourtant sans rapport aucun avec le débat qui fait rage : question de principe – rien de plus facile, il se trouve que, dans le sérail littéraire, les eunuques à gages sont logés sur le même palier que les étrangleuses ottomanes.

Bashkim Shehu est né à Tirana en 1955. Fils de Mehmet Shehu, l'un des plus hauts dignitaires du Parti communiste albanais durant plusieurs dizaines d'années, il a raconté dans *L'Automne de la peur* comment Enver Ḥodja – le Sultan rouge – fit assassiner son père dans des circonstances demeurées ténébreuses. Les persécutions du régime albanais ne prirent pas fin avec la mort de Mehmet Shehu. Son fils aîné disparut tout aussi mystérieusement, électrocuté dans son lit, bientôt suivi par sa veuve, décédée en prison, tandis que l'une des brus et les deux autres fils de la victime étaient incarcérés à leur tour. Bashkim Shehu fut emprisonné en tant que détenu politique de 1982 à 1991 puis condamné à un an et demi d'exil intérieur.

Cet extrait de la quatrième de couverture du *Dernier voyage d'Ago Umeri*, roman de Bashkim Shehu paru à L'Esprit des Péninsules, souligne la curieuse parenté de certaines méthodes de répression collatérale pourtant déployées dans des espaces politiques que tout oppose. Il semblerait que tout pouvoir recèle une tentation totalitaire, dont la satisfaction est strictement équivalente aux possibilités d'expansion qui lui sont concédées. À peu près illimitées dans la république populaire albanaise d'Enver Hodja, elles saturent jusqu'au moindre recoin de l'espace disponible dans la république des lettres françaises.

Ces paradoxales similitudes sont en réalité si peu paradoxales que Jean-Philippe Domecq prend soin de les ordonner et de les systématiser. Il n'a au fond pas grand mérite. Ce qui importe en l'occurrence, c'est moins le talent qu'un peu de mémoire. Traité de « réactionnaire », de « poujadiste », voire de « collaborateur » pour avoir boudé son plaisir à la lecture ou à la vue de certaines œuvres contemporaines (à rayures ou à ratures), notre parieur littéraire n'a pas eu besoin de se gratter trop longtemps la tête pour que ça lui revienne :

> Quelle stratégie recouvre la diabolisation politique dans le présent débat sur la création culturelle ? Elle recouvre celle utilisée dans les anciens régimes communistes contre les artistes et auteurs qui refusaient le moule réaliste-socialiste. Ceux-ci, on le sait, étaient systématiquement dénoncés comme suppôts de la réaction capitaliste, voire comme fascistes inconscients de l'être. En RDA notamment, la Stasi culturelle ressortait constamment l'épouvantail fasciste – non sans motifs puisqu'il y avait eu barbarie en la demeure allemande – pour disqualifier la dissidence culturelle.

Nous y revoilà. Gardons ça dans un coin de notre tête, cela nous resservira plus tôt que nous ne le pensons, et disons-nous en attendant qu'on trouve toujours plus mal loti que soi puisque René Pommier fut en son temps carrément qualifié de « nazi » pour avoir égratigné la statue du commandeur Roland Barthes.

Pour finir, Jean-Philippe Domecq identifie « Les quatre figures d'intimidation culturelle rhétoriques aujourd'hui », à savoir :

I. Le binôme réussite/frustration ;

II. La logique de ligue ;

III. La diabolisation politique ;

IV. La disqualification du travail sur les textes.

Pour davantage de clarté, nous dirons que les figures en question peuvent se définir rapidement ainsi :

I. Le contestataire ne peut être qu'un aigri, intellectuel ou écrivain raté ;

II. Le contestataire participe d'un vaste complot qui dépasse de loin les enjeux apparents de ses prises de position ;

III. Le contestataire est, au choix ou tout ensemble, un poujadiste (vieilli), un réactionnaire, un lepéniste, un fasciste ;

III. (variante) Le contestataire est, au choix ou tout ensemble, un poujadiste (vieilli), un réactionnaire, un lepéniste, un fasciste qui s'ignore ;

IV. Le contestataire n'étant pas de bonne foi, nulle nécessité de contre-argumenter, mieux vaut essayer de percer à jour ses intentions cachées.

Quadrille de tristes drilles ? Non : rigodon pour une autre fois, car les quatre figures vont successivement apparaître derrière la vitre et cogner au carreau à mesure qu'enflera l'« affaire Jourde ».

Josyane Savigneau ou l'escamotage d'une dame.

De fait, l'affaire Jourde ne va pas cesser de prendre du vent dans les voiles, de surfer sur une vague d'articles élogieux et un fort courant de bouche à oreille. Josyane Savigneau estime qu'il est temps d'envoyer une première salve sous forme d'une lettre manuscrite où elle s'essaie à différents registres, depuis la menace voilée (« Nous ne sommes pas très proféduriers, mais si... ») jusqu'à la grosse déception (« Tristement à vous, car vous ayant vu avec la délicieuse Christine Goémé, je vous croyais moins hypocrite ») en passant par les hauts cris d'indignation d'une femme outragée. Les deux premières veines ne sauraient prétendre qu'à une valeur anecdotique, aussi n'ai-je rien à ajouter à la réponse que je fis sur-le-champ à Josyane Savigneau, réponse que la destinataire affirme n'avoir jamais reçue – souhaitons que, recommandé à Hermès, dieu des messagers et, accessoirement, me dit-on, des menteurs, ce second envoi connaisse un meilleur sort :

Paris, le 24 janvier 2002.

Chère Josyane Savigneau,

Si j'en crois ce que j'entends de toutes parts, Pierre Jourde ne fait que donner forme pamphlétaire à ce que de très nombreuses personnes – jusqu'au sein de votre rédaction même – pensent du fonctionnement et du contenu du Monde des livres. *Qu'ils n'osent vous le dire en face, par crainte de représailles ou dans l'espoir de s'attirer vos faveurs médiatiques, c'est en cela que consiste la véritable hypocrisie. Puisque vous usez de ce mot à mon égard, je vous dirai que je garde en effet un excellent souvenir de notre déjeuner avec Christine Goémé (délicieuse en effet), mais que nous avions à cette occasion partagé le sel et le pain, et non pas échangé nos sangs. Pierre Jourde ne m'avait en outre pas proposé son livre – il est aujourd'hui en vente dans toutes les bonnes librairies – non pas sous le manteau – et j'ai pris soin de vous l'adresser directement : où voyez-vous la moindre fausseté ?*

Enfin, je garde en mémoire que vous aviez, entre la poire et le fromage, qualifié S. B. de « parfait crétin » et juré sur ce que vous aviez de plus cher que vous ne travailleriez « jamais » avec lui. J'ai pourtant ouï dire que vous n'aviez pas dédaigné collaborer avec le « parfait crétin » en question dans le cadre de La Suite dans les idées. *Si cette information est exacte, il faut supposer soit que vous avez changé d'avis (ce qui est votre droit), soit que S. B. a été touché par la grâce entre-temps (ce qui est moins plausible), soit que vous êtes fort qualifiée pour parler d'hypocrisie (ce que je me refuse à croire).*

Je partage avec vous le souci de l'argumentation, mais déplore que le supplément dont vous avez la responsabilité ne brille pas toujours par cette qualité – pour s'en tenir à L'Esprit des Péninsules, il me revient le vague souvenir d'une recension tendancieuse et fort désinvolte de Jean-Pierre Péroncel-Hugoz à propos de Mirages du Sud *de Nedim Gürsel. Pour ce qui serait du « grotesque », je vous cite à nouveau, l'extrait de l'article de Viviane Forrester sur Philippe Sollers cité dans* La Littérature sans estomac *redonne selon moi tout son lustre à cet adjectif.*

Vous me permettrez en revanche de ne pas relever les menaces de poursuite voilées que vous adressez à

Pierre Jourde et à moi-même, car je les juge indignes de vous.

Je transmets à l'auteur votre proposition d'assister à vos réunions du mardi et vous invite pour ma part en toute sincérité à visiter les 45 mètres carrés de L'Esprit des Péninsules d'où serait orchestrée la « campagne » contre Le Monde *que vous évoquez.*

Mon salut sur vous.

ÉRIC NAULLEAU.

Autrement plus intéressante est l'accusation ouverte de misogynie, que Josyane Savigneau ne cessera de marteler sur tous les tons dans la suite de sa correspondance péninsulaire, car les joutes intellectuelles de notre temps font du corps féminin l'équivalent rhétorique du bouclier humain dans certaines guerres sales. Poison moral lentement insinué dans les esprits, au prix d'un dévoiement, ou plus exactement d'une complète inversion des figures, qui doit faire se retourner du même mouvement les ancêtres du féminisme au fond de leurs tombes : l'égalité dans la différence a cédé place à l'inégalité dans la différence. Toute attaque portée contre une femme apparaît désormais comme une agression de l'ordre mâle contre la majorité opprimée, incapable de se défendre autrement qu'en faisant honte à l'agresseur de s'en prendre à plus faible que soi. Voilà qui serait susceptible de différer l'avènement planétaire du « grand banditisme féministe », ainsi que le désigne Philippe Muray [1], gangstérisme intellectuel dont la devise serait plutôt :

1. *Le cadavre bouge encore, op. cit.*

« L'égalité dans l'indifférence », et le socle idéologique, la conviction que « la différence des sexes, loin d'être une donnée de la nature, est une formation de l'inconscient portant une vision du monde binaire et hiérarchique, et une façon de se représenter ou d'interpréter la relation entre les sexes ». Car dans ce futur règne de l'indifférenciation sexuelle – où toute ringardise binaire du type Oui-Non sera jetée aux orties au profit du merveilleux Oui-Oui au pays du New Age – impossible en théorie de se retrancher derrière sa féminité pour répondre de son incompétence ou de ses petites magouilles. Il en ira bien entendu tout autrement dans les faits, puisque dans sa vulgate savignesque ou angotique, le féminisme n'a d'autre utilité que tactique et ne saurait donc aucunement répondre du principe de réalité. Et puis le grand banditisme paraît ici un objectif exagérément ambitieux, ces deux dames ne vivent pour l'heure que de rapines métaphoriques. Il va sans dire que tout cela participe et profite d'un climat d'extrême confusion où certains propos *réellement* misogynes volent au ras des pâquerettes et se nichent en des endroits inattendus, comme par exemple dans le dernier roman de Philippe Sollers qui peut prétendre à la dignité d'un bréviaire dans le domaine cité – mais hélas uniquement dans le domaine cité [1]. Ce dévoiement du féminisme sert de prétexte à des interventions intempestives dans tous les domaines. Sur les ondes de

1. Si d'autres tâches autrement plus exaltantes n'emportaient notre préférence, on pourrait composer une petite anthologie, qui débuterait par ce passage extrait de la deuxième page de *L'Étoile des amants* : « Les cinglées, merci, j'en ai eu ma claque. En insistant un peu, on finit d'ailleurs par s'apercevoir qu'elles le sont toutes. Ça peut mettre longtemps à se dévoiler, mais ça vient. »

France Culture, la malheureuse Élisabeth Quin s'est fait reprendre de volée par Christine Angot pour avoir osé dire que l'héroïne de son roman avait un caractère « viril », au motif qu'il serait déjà assez difficile pour une femme de trouver sa place dans les milieux culturels sans faire de surcroît ce genre de « concessions ». Cette remarquable critique de cinéma, à la langue ordinairement bien pendue, en est restée sans voix. De même, Josyane Savigneau est un jour étrangement intervenue dans les pages du *Monde des livres* en faveur de Martine Aubry, renvoyée dans ses foyers par des électeurs misogynes, forcément misogynes, pour l'unique raison, apprenait-on, qu'« elle ne souriait pas assez ». Est-ce qu'on reprocherait à un homme politique de ne pas être assez souriant ? se demandait-elle. C'est pourtant bien ce qu'on fait à longueur de journée avec Alain Juppé, m'a-t-il semblé. Nous avions les meutes des chiennes de garde, nous avons maintenant les patrouilles de « gendarmettes staliniennes », pour emprunter de nouveau à Philippe Muray.

Bernard-Henri Lévy a déclaré qu'il lançait *Les Nouvelles de Kaboul* pour introduire « le désordre de la liberté » dans une presse afghane longtemps enrégimentée par les pouvoirs soviétique et taliban. Sans doute devrait-il maintenant pareillement s'attacher à troubler les pages d'une certaine critique française, où les enturbannées le sont à la mode de Simone de Beauvoir, où la police de la pensée défile sur trois colonnes.

En attendant, les procédés de diabolisation ont encore de beaux jours devant eux. Lâchons la bride à notre fantaisie, au risque des plus folles spéculations, et imaginons une romancière noire qui se ferait prendre la main dans le sac pour plagiat caractérisé. De la part d'un homme, dénoncer cette pratique reviendra non pas à réclamer un minimum de moralité en littérature, mais à s'acharner sur un être déjà accablé par son sexe et par sa couleur et, si de surcroît le dénonciateur est blanc, à reproduire, sur le plan tant social que sexuel, le schéma dominant/dominée des temps anciens de l'esclavagisme. Après avoir souligné l'aspect indiscutablement phallique du stylo que manie l'agresseur de l'emprunteuse, il ne restera plus qu'à conclure que critiquer une romancière noire coupable de plagiat est une manière odieusement hypocrite de militer pour le rétablissement du droit de cuissage. C'est sur la base primitive de pareils sophismes que fonctionne le débat d'idées en France en ce début du XXIe siècle. Josyane Savigneau ne manquera pas de leur donner une vigoureuse forme orale lors du déjeuner dont il est question un peu plus loin, mais, comme souvent, il faut aller chercher du côté des épigones pour qu'apparaisse un procédé dans toute sa nudité. Retour sur scène de l'inénarrable Christine Angot, qui répond à Pierre Jourde dans les pages d'*epok*, magazine culturel de la FNAC. Chahutée comme elle l'est dans *La Littérature sans estomac*, il serait peu *fair play* de marchander son droit de réponse à la plus célèbre autofictionnaire de Saint-Germain-des-Prés, mais difficile de prétendre pour autant que la riposte de Christine Angot brille par sa clarté. Deux pâles lueurs trouent néanmoins sa prose brumeuse et méritent qu'on s'y attarde.

C'est notamment le cas de la chute, qui, d'être séparée de ce qui précède, se veut lourde de sens :

« Qu'est-ce que j'ai fait pour autant les énerver ? »

Cette douloureuse interrogation finale marque la définitive évacuation de la littérature du champ critique et même du champ littéraire en général. Christine Angot ne se demande pas ce qu'elle a bien pu *écrire* ou ne pas *écrire* pour s'attirer les foudres de Pierre Jourde et d'autres contempteurs de ses livres, mais ce qu'elle a bien pu *faire*. Tendance lourde, très lourde, à la psychologisation qui gangrène tout débat de fond avant même que celui-ci ne puisse se développer, et dont l'auteur de *Quitter la ville* sait tirer un profit immédiat. Qu'on se le dise, il arrive à Christine Angot de prendre la mouche, mais cette mouche n'est jamais aussi folle qu'on le croit :

« Nous y voilà, tous pareils, tous des écrivains ratés. »

Jourde et ses pareils, c'est rien qu'une bande de jaloux, na ! Ces postures de petite fille gâtée participent en réalité de la classification établie par Jean-Philippe Domecq, et plus particulièrement des première et quatrième « figures d'intimidation culturelle rhétoriques aujourd'hui », ce qui nous épargne de gloser inutilement sur cette attaque d'une subtilité pachydermique. Tout doit se réduire à une question de personnes, il s'agit de détourner l'attention des ficelles littéraires, particulièrement voyantes dans le cas des ouvrages de Christine Angot, au profit des ressorts psychologiques censés animer l'opposition – l'examen des textes proprement dits se trouve en conséquence remis *sine die*. La littérature est devenue une forme vidée de sa substance, remplacée par une vague bouillie d'encre sympathique ou antipathique, telle est désormais la seule alternative critique, selon qu'on appartient ou non au clan de l'auteur.

Une autre phrase de cet article retient davantage encore l'attention :

« Il [Pierre Jourde] se plaint de Philippe Sollers, du *Monde des livres*, de sa rédactrice en chef, une femme. »

Par l'apposition du groupe nominal « une femme », Christine Angot fait clairement référence aux travaux du théoricien russe Lev Koulechov, qui consistait à projeter différentes images d'ordre allégorique : un homme occupé à se goinfrer, une femme à demi dénudée, un enfant qui pleure, etc., et à y associer chaque fois le visage d'un acteur. Le public était ensuite invité à dire ce qu'exprimait la mimique de celui-ci. Les spectateurs y lisaient invariablement et successivement la gloutonnerie, le désir ou la pitié, alors même que l'acteur n'avait aucunement changé son expression, preuve du puissant pouvoir de suggestion des images en général et du montage cinématographique en particulier. À franchement parler, rien dans notre lecture pourtant aussi attentive que courageuse des œuvres complètes de Christine Angot ne laissait supposer une pareille connaissance des plasticiens de l'âge d'or soviétique, ni même, plus généralement, d'autre centre d'intérêt que son propre nombril et quelques muqueuses alentour. Nous nous en réjouissons du fond du cœur, à la fois pour l'auteur et pour ses proches.

Reste à savoir quel est l'effet produit ou l'effet recherché dans cette adaptation journalistique des expériences de Lev Koulechov. Relisons donc la phrase :

« Il [Pierre Jourde] se plaint de Philippe Sollers, du *Monde des livres*, de sa rédactrice en chef, une femme. »

Faute d'obtenir une réponse immédiate, peut-être en raison d'une infériorité naturelle de l'écriture par rapport à l'image dans ce cas précis, il convient de procéder de manière empirique. Nous allons donc effectuer diverses substitutions du dernier terme, et, à force d'humbles tâtonnements, nous finirons bien sinon par nommer l'effet produit, du moins par le situer sur une échelle des valeurs.

Première substitution :

« Il [Pierre Jourde] se plaint de Philippe Sollers, du *Monde des livres*, de sa rédactrice en chef, un ogre. »

Là, il saute aux yeux que l'effet produit n'est plus du tout le même que dans :

« Il [Pierre Jourde] se plaint de Philippe Sollers, du *Monde des livres*, de sa rédactrice en chef, une femme. »

Le lecteur serait ici plutôt enclin à s'exclamer : « Bien fait pour elle ! » Nul hasard si dans quantité de fables et de contes l'ogre se trouve représenté sous des apparences peu reluisantes. L'ogre ne pense généralement qu'à bâfrer des kyrielles d'enfants, certes roses et dodus à souhait, mais davantage encore innocents et sans défense. C'est bien simple, on chercherait en vain chez l'ogre un fait ou un geste qui ne suscite pas une réprobation aux limites de l'indignation. Qu'on me pardonne cette violence verbale, certaines choses doivent être exprimées sans détour, mais l'ogre n'est pas notre ami.

À tous égards, le moment est venu de conclure que :

« Il [Pierre Jourde] se plaint de Philippe Sollers, du *Monde des livres*, de sa rédactrice en chef, un ogre » est moins payant du point de la sympathie soulevée en retour que :

« Il [Pierre Jourde] se plaint de Philippe Sollers, du *Monde des livres*, de sa rédactrice en chef, une femme. »

Nous tenons là notre valeur plancher.

Il serait vraiment dommage de lambiner en si bon chemin – efforçons-nous à présent de déterminer notre valeur plafond au moyen de la substitution suivante :

« Il [Pierre Jourde] se plaint de Philippe Sollers, du *Monde des livres*, de sa rédactrice en chef, un bébé phoque. »

L'effet produit est certes différent de :

« Il [Pierre Jourde] se plaint de Philippe Sollers, du *Monde des livres*, de sa rédactrice en chef, une femme. »
mais aussi pour ainsi dire diamétralement opposé à :

« Il [Pierre Jourde] se plaint de Philippe Sollers, du *Monde des livres*, de sa rédactrice en chef, un ogre. »

« Quoi ? s'étrangle en effet dans ce cas le lecteur, ne suffit-il pas que cette petite bête duveteuse soit massacrée à coups de harpon par les hommes de main des fabricants de moufles internationaux, faut-il encore que Pierre Jourde lui allonge un coup de pied en traître et crache sur son menu cadavre dépecé et du fait même beaucoup moins duveteux ? »

Inutile d'y insister, nous tenons là notre valeur plafond.

Nous avons ainsi établi du premier coup, et sans trop de peine, que dans l'esprit de Christine Angot, si l'on nous passe la hardiesse de cette dernière expression, la femme occupe une place intermédiaire entre l'ogre et le bébé phoque. Glorieux couronnement de quelques décennies de militantisme féministe. Car Christine Angot n'écrit pas par exemple :

« Il [Pierre Jourde] se plaint de Philippe Sollers, du *Monde des livres*, et de sa rédactrice en chef, une femme qui a fait du supplément dont elle est responsable le phare de la critique mondiale, un monument hebdomadaire d'exigence et d'intégrité que le reste de la planète nous jalouse. »

Car Christine Angot n'écrit pas davantage :

« Il [Pierre Jourde] se plaint de Philippe Sollers, du *Monde des livres*, de sa rédactrice en chef, une femme qui subvient seule aux besoins de ses vieux parents grabataires. »

Car Christine Angot n'écrit pas même :

« Il [Pierre Jourde] se plaint de Philippe Sollers, du *Monde des livres*, de sa rédactrice en chef, une femme au sourire si doux. »

Non, Christine Angot écrit plus laconiquement :

« Il [Pierre Jourde] se plaint de Philippe Sollers, du *Monde des livres*, de sa rédactrice en chef, une femme. »

En 2003, à travail égal, certaines femmes sont encore moins payées que les hommes du seul fait qu'elles sont des femmes et, toujours en 2003, il est interdit de critiquer Josyane Savigneau, du seul fait qu'elle est une femme. Il n'est pas interdit de penser qu'il s'agit de deux aspects d'un même problème.

Dans la mesure où, depuis quelque temps et pour quelque temps encore, nous sommes tous américains, il serait surprenant que ces vents de folie ne naissent pas quelque part à l'Ouest avant de souffler en rafales sur l'hexagone. De fait, Jonathan Franzen, auteur outre-atlantique du phénoménal best-seller *Les Corrections*, déclina en septembre 2001 l'invitation que lui avait faite l'animatrice de couleur Oprah Winfrey, alors même qu'un passage dans le talk-show de celle-ci sur ABC assure à l'auteur entre 100 000 et 500 000 ventes supplémentaires – multiplier par le pourcentage x du prix de vente z pour obtenir le nombre de dollars qui tombent du même coup dans l'escarcelle de l'invité. Pour faire court, le romancier américain expliqua que son livre n'était pas un article d'épicerie sur lequel imprimer un logo (Oprah Winfrey possède également un Club du livre), qu'il continuait de trouver problématiques les rapports entre littérature et télévision, ainsi qu'exposé précédemment dans un essai, et qu'il ne se sentait pas à sa place dans une émission culturelle grand public. Vaste débat sur les relations entre écrit et image, questions de société à la fois diverses et cruciales que, pour des raisons de clarté, la plupart des journalistes américains résumèrent en ces termes à l'occasion d'une furieuse campagne de presse : « Jonathan Franzen is a sexist pig and a fucking racist. » Pour les lecteurs ignorants de l'anglais, voici la traduction dans la langue de Michaux : « Il [Jonathan Franzen] a refusé l'invitation de l'animatrice Oprah Winfrey, une femme. Noire. »

Le filon du féminisme indigné est tellement juteux qu'il en paraît parfois inépuisable. Josyane Savigneau ne cessera en outre de clamer, de vive voix ou par écrit, que le plus insupportable dans les attaques portées contre elle par Pierre Jourde est que celui-ci laisse entendre qu'elle est manipulée par un homme, qu'au rebours de l'adage policier on ne peut s'empêcher de « chercher l'homme » derrière toute femme de pouvoir. L'*Escamotage d'une dame*, pour reprendre le titre du premier film de Georges Méliès, prendrait donc des proportions génocidaires. Ce n'est pas madame Savigneau qui pratiquerait l'escamotage, rien ne lui répugne autant. Tenez, dans le numéro du 21 juin 2002 du supplément littéraire qu'elle dirige, la journaliste chargée de recenser *Le Don de Gabriel* précise que « Tous les livres de Hanif Kureishi sont publiés en français chez Christian Bourgois ». Les lecteurs qui auraient lu *Bradford*, recueil de trois textes de Hanif Kureishi paru à l'Esprit des Péninsules, ont donc probablement lu un livre qui n'existait pas, puisqu'il ne saurait être victime d'aucun escamotage. Dans la même livraison, l'« Agenda » annonce une rencontre entre Claudio Magris et un certain Éric Naulleau. Abracadabra ! le second nommé a disparu, il faut croire que Claudio Magris a parlé tout seul, tout ça n'a rien à voir avec un quelconque tour de passe-passe. D'ailleurs, Georges Méliès n'a jamais tourné de film intitulé « Escamotage d'un monsieur ». C'est bien la preuve.

Monsieur Douin ou l'hérésie catarrheuse.

Après le coup de semonce épistolaire de Josyane Savigneau, c'est au tour de Jean-Luc Douin de monter au créneau en dernière page du *Monde des livres* avec un article intitulé « Pierre Jourde et l'illustration du bredouillis ». Le sniper de service, qui n'a jusqu'alors jamais consacré la moindre ligne à un livre édité par L'Esprit des Péninsules, se fend de deux beaux paragraphes. C'est Noël en février ! Si l'on garde en mémoire notre fil rouge totalitaire, le choix de l'exécuteur des basses besognes correspond à une logique éprouvée. Comme dans toute bonne dictature, il convient en effet que l'affidé fournisse en permanence des preuves probantes d'indéfectible loyauté, surtout s'il s'agit du même coup de faire oublier un passé douteux. À l'occasion du portrait qu'il fit de Josyane Savigneau dans *Livres Hebdo* (nous ne puisons qu'aux meilleures sources), Daniel Garcia rappelle que les relations de celle-ci avec Jean-Luc Douin furent tout d'abord houleuses, le second étant soupçonné de lorgner le trône de la première – où les gens vont-ils chercher tout ça ? Mais il fut un temps plus lointain où Jean-Luc Douin n'avait en outre pas de mots assez durs pour critiquer le genre de littérature que représente à ses yeux l'auteur de *Femmes* et où il se dit même qu'il qualifiait le couple Sollers-Savigneau d'« époux Thénardier ». S'il semble avoir depuis lors révisé son jugement sur les faux parents terribles, il n'en continue pas moins à leur faire la Cosette. Au regard de ce lourd passif, pas question de faire dans la nuance : montage grossier de citations, contre-vérités flagrantes (prétendre que, au rebours de ce qu'avance Jourde, Pascale Roze n'a pas obtenu le prix Goncourt, tout de même...), et, *last but not least*, attribution au pamphlétaire de l'expression « Combattant majeur » pour désigner Philippe Sollers, alors qu'elle fut inventée par Viviane Forrester dans... *Le Monde des livres*. Loin de nous cependant l'idée de reprocher à Jean-Luc Douin de ne pas lire le supplément qu'il dirige, certaines semaines on en ferait bien autant. Dans un registre plus nauséeux, l'article évoque la « respiration catarrheuse » de Pierre Jourde. Allusion pour le moins énigmatique (le catarrheux en question se trouve être un sportif assidu, à la fois un fort en thème et un fort en jambes) : serait-ce que, dans l'imaginaire de Jean-Luc Douin, tous les universitaires se confondent avec autant de vieillards valétudinaires au seuil du trépas ? S'en prendre au physique de l'adversaire constitue un des procédés favoris de toutes les tyrannies, depuis les caricatures des Juifs par les nazis ou des capitalistes par les bolcheviks. Des suiveurs, par l'odeur nauséabonde alléchés, ne tarderont pas à déposer leur propre petite ignominie au fond de la fosse creusée par M. Douin. À commencer par Christine Angot, dont il faut décidément croire que la plus vive angoisse est d'en manquer une, qui établit dans *Epok* un portrait-robot de ses détracteurs : « Mais ils mettent des lunettes si noires pour le voir que la seule chose qui ressort de leur visage ce sont leurs lèvres tordues par la jalousie, cachées par des barbes, des moustaches et des faux sourires, des faux sourires entendus [1]. » Familière des gouffres métaphysiques, notre autofictionnaire est donc au moins taraudée par deux questions existentielles : d'une part, *Pourquoi le Brésil ?*, et, d'autre part, pourquoi Pierre Jourde porte-t-il des lunettes noires sur certaines photographies ? La réponse à la première se trouve en quatrième de couverture de son roman, la réponse à la seconde sera fournie à toute personne qui adressera une enveloppe timbrée à L'Esprit des Péninsules (4, rue Trousseau, 75011 Paris). Quant à une troisième question autrement plus ardue, à savoir pourquoi *Pourquoi le Brésil ?*, nous n'avons pas fini de nous tordre mains et lèvres, de nous triturer barbes et moustaches en quête d'une explication. Et il paraît que nos grimaces de perplexité évoquent à s'y méprendre des faux sourires entendus.

Ah, j'oubliais : au début de son papier, Daniel Garcia rapporte les propos d'un éditeur anonyme qui juge que

1. *Epok* n° 28, juillet-août 2002.

« faire un portrait de [Josyane Savigneau] aujourd'hui, c'est comme tenter un portrait de Staline de son vivant » avant de « sonder les volutes qui montent de son cigarillo ». Ami lecteur, sauras-tu le reconnaître ?

Monsieur Rozynès ou l'étonnant voyageur de Saint-Malo.

Mais au pays des critiques borgnes, les potes sont rois. Mais au pays des critiques borgnes, les potes sont trois. Pierre Louis Rozynès, rédacteur en chef de *Livres Hebdo*, commet fin mai 2002 un article proprement hallucinatoire sur l'affaire Jourde et, plus précisément, sur un de ses épisodes les plus instructifs : la retraite de Saint-Malo. Qu'il soit le compagnon de vie de Mme Angot – ce que nul n'est plus censé ignorer depuis la parution de *Pourquoi le Brésil ?* – et le compagnon de plateau de Mme Savigneau dans l'émission littéraire « Campus » animée par Guillaume Durand sur France 2 suffirait en théorie à garantir l'impartialité de M. Rozynès. Mais cet homme de principes met un point d'honneur à fournir la décisive preuve de son objectivité en signifiant d'emblée qu'il n'a pas assisté personnellement à l'incident auquel il consacre presque la moitié de sa chronique, ce qui assure d'un certain détachement, disons même d'un salutaire recul par rapport à l'événement. Et puis quel plus étonnant voyageur de Saint-Malo qu'un voyageur immobile ?

C'est que Pierre Louis Rozynès a un truc dans sa manche. Une « correspondance privée », apprend-on sans plus de détails, lui a relaté par le menu les péripéties malouines. Il s'agit donc d'une lettre anonyme. C'est ainsi au tour du journalisme d'embarquer à bord de la machine à remonter le temps vers des époques moins regardantes où l'on ne s'embarrassait pas de considérations superflues, à commencer par la déontologie. Une fois la conscience professionnelle balancée par-dessus bord, il est vrai qu'on se sent plus léger. Simple essai : « Pierre Louis Rozynès, bien connu pour ses penchants zoophiles et sa tendance à taper dans la caisse... » « Mais qu'est-ce que c'est que ces horreurs ? » vous demandera-t-on. « Correspondance privée », répondrez-vous.

Après une entame digne des plus flamboyants manieurs de plume – Pierre Jourde y est qualifié de « roquet », invective que Hérode qualifiait déjà d'antédiluvienne, notre bretteur livre donc un extrait de son courrier :

> À Saint-Malo, dont *Le Monde* est partenaire, il y avait un débat avec Jourde sur les écrivains contemporains. [...] Le débat est animé, à sa demande, par Laclavetine [...]. Laclavetine branche Jourde sur *Le Monde*. Il dit des horreurs. Douin se lève et intervient. On le laisse se faire conspuer par une salle chauffée au populisme. L'enfer (il est plutôt affecté le mec). Jourde continue. Raphaëlle Rérolle intervient pour lui dire qu'il avait trouvé un bon filon pour s'assurer une notoriété que ses ouvrages ne lui avaient jamais apportée, attaquer *Le Monde* en pratiquant l'amalgame et la diffamation. Laclavetine la fait taire en disant qu'elle tient, elle, des propos diffamatoires. Orsenna regarde au ciel et ne dit rien. Luc Lang dit qu'il ne lit jamais les critiques. [...] Bref, Douin est furax, Le Bris emmerdé et Laclavetine disparaît. Douin apprend qu'il est très ami de Naulleau et de Jourde et qu'ils vont continuer leur duo notamment à la Fnac de Strasbourg. (Correspondance privée.)

Avant d'en venir à une version moins inexacte de ces petits débats entre amis au pied des remparts, sans doute n'est-il pas inutile d'insérer la lettre que j'adressai à M. Rozynès au titre du droit de réponse – lettre dont il ne jugea pas utile d'accuser réception, sans parler de la publier. En matière de correspondance, il faut croire que le rédacteur en chef de *Livres Hebdo* préfère le domaine privé au domaine public. Il est vrai qu'en l'occurrence, comme nous allons le vérifier, le système présente bien des avantages.

Paris, le 4 juin 2001.

Cher Pierre Louis Rozynès,

À l'occasion de votre Feuilleton paru dans le dernier numéro de Livres Hebdo, *où, au début du passage intitulé « Populisme », vous me mettez par deux fois en cause en ma qualité d'éditeur de* La Littérature sans estomac *de Pierre Jourde, le taux de diffamation et de contre-vérité dépasse assez sensiblement le seuil autorisé. Je vous prierai donc de bien vouloir porter à la connaissance de votre lectorat les précisions suivantes au titre de mon droit de réponse.*

À des informations dignes de foi (il est ainsi parfaitement exact que Pierre Jourde porte des lunettes de soleil sur certaines photographies et il était de votre devoir d'en informer vos lecteurs, de même que Josyane Savigneau a bel et bien traité Pierre Jourde de « crétin des Alpes », ce qui démontre bien que, au rebours des « insanités » que vous reprochez à celui-ci, ses détracteurs s'en tiennent résolument à des arguments de fond), vous mêlez de vagues bruits de couloir et de pures inventions.

1) Ce sont d'après vous les « insanités » et la « vulgarité » de Pierre Jourde qui « l'ont propulsé comme prévu sur le plateau d'Ardisson ». Se pourrait-il que vous confondiez deux émissions très différentes de Thierry Ardisson ? D'une part « Rive droite Rive gauche » où passe le Tout-Paris littéraire et culturel, et qui a en effet reçu Pierre Jourde à l'aimable invitation de Frédéric Beigbeder, qui figure pourtant parmi les auteurs éreintés dans La Littérature sans estomac. *D'autre part « Tout le monde en parle », émission plus sulfureuse où passent plutôt des auteurs « scandaleux » ou partisans de la littérature-spectacle – ainsi qu'en atteste la très théâtrale sortie de Christine Angot du plateau de « Tout le monde en parle », où l'avait propulsée, cela va sans dire, non pas des insanités ou des vulgarités, mais son seul talent. Pierre Jourde n'a pour sa part jamais été invité à « Tout le monde en parle ».*

2) Ces mêmes « insanités » et cette même « vulgarité », toujours à vous en croire, ont également valu à Pierre Jourde les honneurs de « quelques feuilles avides d'affaires vite ficelées ». Une cinquantaine de recensions de La Littérature sans estomac *ont déjà paru à ce jour. Permettez-moi de vous préciser qu'au nombre de ces « quelques feuilles avides d'affaires vite ficelées » figurent notamment :* Le Figaro, Le Figaro magazine, Le Nouvel Observateur, La Quinzaine littéraire, Esprit, Sud-Ouest, Marianne, Le Dauphiné libéré, Lire... *sans oublier les périodiques suisses, belges et québécois, une demi-douzaine de radios (Albert Algoud, Jacques Chancel, France Culture, France Info...) et télévisions (« Des mots de minuit »...), etc.*

3) Pierre Jourde n'a nul besoin que je le « cornaque » au long d'une « triomphale campagne en province de Fnac en foire aux livres » qui n'existe que dans votre imagination. Dans la mesure où son emploi du temps le lui permet, notre auteur répond tout simplement aux invitations qui lui sont faites par des libraires – sans doute des libraires « populistes ». Votre remarque dénote par ailleurs un fâcheux mépris de la province.

4) Vous rendez compte de l'incident survenu à Saint-Malo sans y avoir assisté vous-même. Le récit que vous en donnez de seconde main contredit celui de tous les témoins directs. Afin d'accréditer la thèse d'un complot, votre correspondant anonyme affirme entre autres que Pierre Jourde et l'animateur de la fameuse table ronde (Jean-Marie Laclavetine) sont « très amis ». Ils se sont rencontrés pour la première fois à Saint-Malo à l'occasion de la table ronde.

5) Vous vous autorisez de ce récit pour le moins fantaisiste pour évoquer les « complices » de Pierre Jourde à Saint-Malo. Registre policier dont je vous laisse la responsabilité, mais puisque vous semblez m'inclure parmi les complices en question, sachez que je n'étais pas présent à Saint-Malo – cornac et télépathe ?

Dans l'attente de votre réponse et en vous remerciant de m'informer dans quel numéro de Livres Hebdo *vous envisagez de faire paraître cette mise au point.*

Mon salut sur vous.

ÉRIC NAULLEAU.

Après entretien avec les principaux témoins oculaires, et divers recoupements, la scène s'éclaire d'un jour nouveau. Il apparaît que deux membres de la rédaction du *Monde des livres*, dont Jean-Luc Douin, ont, au beau milieu des débats, violemment pris à partie l'œuvre et la personne de Pierre Jourde sans prendre la peine de se présenter – c'est ainsi que, en Union soviétique, des pseudo-représentants du prolétariat triés sur le volet prenaient la parole dans les réunions publiques pour exprimer spontanément le point de vue des masses laborieuses. M. Douin se fait successivement, et bien comme il faut paraît-il, moucher les deux narines – l'incident aurait pu en rester là. Mais les responsables du festival de Saint-Malo, organisé en association avec *Le Monde,* exécutent une manœuvre diplomatique d'urgence en direction de leur partenaire, manœuvre qui consiste à préciser l'identité des contradicteurs de Pierre Jourde et à donner la parole à Jean-Luc Douin. Double erreur fatale. Furieux d'avoir été berné, le très nombreux public conspue le représentant du *Monde des livres*, lequel quitte la salle chauffée à blanc, sans avoir pu en placer une, ce que l'on ne peut que regretter, surtout s'il est vérifié (c'est l'hypothèse de Daniel Garcia dans *Livres Hebdo*) que Jean-Luc Douin aurait jadis souffert du syndrome de Balladur qui consiste à vouloir piquer la place du patron ou de la patronne. Si tel est bien le cas, il avait en effet le choix entre deux mots historiques de son modèle : « Il fait chaud », prononcé dans le métro parisien la seule fois de toute son existence où l'ancien locataire de Matignon utilisa ce moyen de transport (l'ensemble de la presse s'était mobilisée pour l'occasion), et le fameux « Je vous demande de vous arrêter ! » lancé entre les deux tours de la présidentielle à l'adresse de ses partisans qui sifflaient Jacques Chirac.

D'ailleurs, Jean-Luc Douin ne se contente pas de quitter la salle, il quitte aussi la ville (discret hommage au titre du plus accablant opus d'une idole du *Monde des livres*), et regagne Paris où il fait un rapport à sa supérieure hiérarchique, Josyane Savigneau. Celle-ci décide unilatéralement de casser le partenariat qui unissait son Journal au festival de Saint-Malo, somme Gallimard de prendre des sanctions disciplinaires à l'encontre de Jean-Marie Laclavetine, laisse un message ordurier sur le répondeur de celui-ci avant de lui adresser un mail où, entre autres gracieusetés instructives, elle déplore les « complicités » dont bénéficie Jourde au sein de la maison de la rue Sébastien-Bottin et estime qu'un « apparatchik de Gallimard » devrait savoir rester à sa place.

On aura noté que M. Rozynès et Mme Savigneau ont en commun un lexique (« complices », « apparatchik »...) qui fleure bon son Moscou-sur-Seine. En d'autres temps, Laclavetine, Jourde et moi-même n'aurions pas coupé aux mines de sel. D'ailleurs, Philippe Sollers estime que les critiques à son endroit ne peuvent que « germer dans des cerveaux malades [1] ». Brejnev ne pensait pas autrement et prescrivait aux contestataires les plus ostensiblement dérangés quelques vigoureuses séances d'électrochocs. Tout cela est « assez effrayant » ainsi que l'a résumé Jean-Marie Laclavetine, qui n'a pas d'autre tort dans cette affaire que d'avoir remplacé au pied levé la personne initialement prévue pour animer le débat auquel participait Pierre Jourde, et d'avoir jugé que, contrairement à ce qu'avançaient les représentants du *Monde des livres*,

1. Cité par Marie Gobin dans *Lire*, octobre 2002.

La Littérature sans estomac ne pouvait être jugé « diffamatoire ».

Quoi qu'il en soit, sous le nouvel éclairage qui vient d'être donné des passes d'armes de Saint-Malo, il semble que les fans de la série X-Files et les lecteurs de Pierre Louis Rozynès partagent une même conviction : la vérité est ailleurs.

Que le rédacteur en chef de *Livres Hebdo* se permette d'intituler sa petite entreprise de désinformation : « Populisme » fut par ailleurs la goutte d'encre qui fit déborder le vase. Passée la satisfaction intellectuelle d'identifier la troisième des « figures d'intimidation culturelle rhétoriques aujourd'hui » du précieux Domecq (d'autant que « populisme » devient le synonyme toujours plus exact de « lepénisme »), je décidai de m'attabler pour ce *Petit déjeuner chez Tyrannie.*

Cinq critiques et un encensement.

Au moins deux des détracteurs les plus hargneux de Pierre Jourde se trouvent être des petits amis ou d'ex-petits amis de romancières dont les œuvrettes sont passées à la moulinette critique dans *La Littérature sans estomac*. Si l'on conçoit aisément que ces messieurs préfèrent les chutes de reins aux éreintements de leurs belles, la plus élémentaire honnêteté intellectuelle, *excuse my French*, aurait consisté, selon l'expression consacrée, à préciser « d'où ils parlaient ». Pourquoi ces précautions, ces masques, ces manières d'encagoulés comme dans le cas des intervenants anonymes de Saint-Malo ?

Déplorons d'ailleurs au passage que Pierre Jourde

n'ait dans l'ensemble rencontré qu'une opposition bien pâlichonne. Bidouillage trop évident de citations, attaques en dessous de la ceinture, contre-vérités à gogo et mauvaise foi si flagrante que, de la centaine d'articles parus à ce jour sur *La Littérature sans estomac*, celui qui eut le plus d'impact, tant sur la courbe des ventes que sur l'indice de notoriété, fut la descente en flammes du pamphlet par Jean-Luc Douin dans *Le Monde des livres* – d'aucuns en déduisirent même que celui-ci s'était comporté en agent double et n'avait fait mine de s'en prendre à Jourde que pour mieux savonner la planche de Josyane Savigneau. Certains voient le mal partout. Nous ne sommes pas du nombre.

La Littérature sans estomac n'est pourtant pas au-dessus de tout reproche. Mais il était dit qu'il reviendrait à son éditeur de stigmatiser ses principaux travers. Pour mieux mortifier Pierre Jourde, en attendant de remettre la main sur mon cilice et mes verges, j'ai résolu d'en appeler pédagogiquement à ceux-là mêmes qu'il traite avec le moins d'égards dans son brûlot.

Première critique : Jourde fait trop long.

Quinze pages pour analyser *Quitter la ville* de Christine Angot, huit de mieux pour *99 F* de Frédéric Beigbeder, pas moins de vingt-six pages pour Valère Novarina et jusqu'à une cinquantaine pour Éric Chevillard : tout cela est excessif. Jourde se perd en exégèses subtiles, se lance dans des analyses de tous ordres (lexicales, rhétoriques, historiques...), pèse le pour et le contre (Jean-Luc Douin parle à juste raison de « danse du ventre à la Normande » dans sa recension de *La Littérature sans estomac*) au lieu d'émettre des jugements péremptoires et de préférence formés dès avant lecture du livre à critiquer. On imagine les ravages si pareil comportement venait à se généraliser parmi la critique française. Non, Pierre, avec toute l'amitié que je te porte, telle n'est pas la voie à suivre. Dans ce monde toujours plus pressé, trêve de finasseries, il convient d'aller droit au but. Seule la critique à l'emporte-pièce emportera du même coup l'adhésion générale. Vois plutôt comment procède Christine Angot pour rendre compte dans *Epok*[1] du premier roman d'Élisabeth Quin – *La Peau dure* –, et prends-en de la graine :

« Je ne vais pas parler du livre d'Élisabeth Quin parce que, là, vraiment, il est beaucoup, beaucoup, beaucoup trop mauvais. Et que la plupart de ses amis sont embêtés, il paraît que c'est une fille très sympathique, parce qu'ils l'aiment bien et qu'ils sont bien obligés de reconnaître que, le livre, ils ne l'aiment pas. Il paraît qu'elle est très déçue, elle ne s'attendait pas à ça, elle pensait que ça allait marcher comme chaque fois qu'un journaliste, qui plus est de télé, sort un livre. »

Je t'ai recopié la recension dans son intégralité pour te montrer que, en moins de dix lignes, on peut très bien critiquer un ouvrage en profondeur, prendre de la hauteur pour mieux entrer ensuite dans le détail du livre, résumer son intrigue avant de s'attacher au grain du texte. Tu auras sans doute remarqué, mon cher Pierre, qu'il n'est pas même nécessaire de citer le titre du roman que l'on chronique. Cela permet de gagner encore en concision.

Mais on peut toujours faire mieux. C'est l'occasion

1. *Epok* n° 29, septembre 2002.

de reparler de Philippe Sollers et d'un modèle de critique lapidaire qu'il fit paraître dans *Le Nouvel Observateur* :

« Pierre Jourde vient d'obtenir le prix de la critique de l'Académie française. CQFD. »

Voilà, cette fois, c'est en une dizaine de mots que tout est dit. Chacun est désormais intimement convaincu que le prix de la critique de l'Académie française équivaut à une marque d'infamie, au dernier stade de la déchéance pour un homme de plume. Avancer un semblant d'explication ne serait que délayage oiseux et bavardage inutile.

Deuxième critique : Jourde n'est pas drôle.

J'en veux pour preuve que, à l'occasion des lectures publiques de *La Littérature sans estomac*, l'auditoire rit bien davantage aux effarants extraits des œuvres de Christine Angot qu'aux féroces commentaires de l'auteur à leur sujet.

Troisième critique : Jourde cite à la virgule près les auteurs qu'il descend en flammes.

C'est ce qui s'appelle scier la branche sur laquelle on se trouve assis. Pierre Jourde ferait mieux d'avouer tout de suite que son vœu le plus cher est de réduire à la mendicité l'ensemble de la profession critique. Dénicher dans le texte étudié la phrase qui tue, celle qui cloue le bec à l'adversaire dans le même temps qu'elle cloue celui-ci au pilori, tient en effet du miracle. Les gens sont devenus méfiants, tournent sept fois leur plume dans l'encrier avant de tracer la moindre ligne, n'avancent plus rien qui ne soit voilé d'une brume de circonvolutions et de précautions oratoires, s'assurent les services d'avocats spécialisés, croisent le fer à fleuret moucheté, répudient l'hyperbole et convoquent la litote. Reste la solution du montage, une savante coupure par là, quelques mots judicieusement ajoutés par ici : c'est l'école Douin. Un autre journaliste, se réclamant sans doute d'une école concurrente, a quant à lui préféré l'invention pure et simple. Rien n'interdit de rêver à un avenir radieux où ces deux écoles se rapprocheront jusqu'à se fondre en une chapelle unique.

Quatrième critique : Jourde ne connaît pas « personnellement » les auteurs qu'il éreinte.

C'est ce qu'a fait valoir avec pertinence une téléspectatrice au cours du talk-show de Valérie Expert sur LCI. Il ne s'agirait donc pas, dans *La Littérature sans estomac*, de régler des comptes privés. Dans ce cas-là, en effet, à quoi bon ?

Cinquième critique : Jourde n'est pas poli.

Pierre Jourde pousse parfois le manque de courtoisie jusqu'à dire du mal des livres qu'il critique. Ça ne se fait pas. Pour rendre compte dans ses pages « Culture » du dernier livre de Jean Daniel, directeur du *Nouvel Observateur*, la rédaction du *Monde* a fait appel le 23 mai 2002 à une journaliste du *Monde des livres*. Hommage rendu au savoir-faire du supplément en matière de génuflexion : tout opuscule commis par un homme de pouvoir disparaît instantanément sous un épais nuage d'encens dans les pages du *Monde des livres*, la règle vaut doublement si l'huile en question est de surcroît journaliste au *Monde* – mais Josyane Savigneau estime benoîtement à ce sujet que « les lecteurs font la différence entre un “papier de politesse” et un papier enthousiaste [1] ». *Le Monde* est merveilleux.

1. Cité dans *Les Tribus du pouvoir*, Emmanuel Lemieux, Denoël, 2003.

La manieuse d'encensoir assume aussi ce jour-là une mission de confiance, dans la mesure où *Le Monde* est alors en pleine négociation pour entrer dans le capital du *Nouvel Observateur*. Il s'agit donc d'être aimable (la veille même, le quotidien a publié un généreux extrait des *Œuvres autobiographiques* de Jean Daniel, mais seule la deuxième couche de vernis donne le « fini » souhaité à une entreprise de flagornerie). C'est en conséquence une mémorable leçon de rigueur journalistique qui est assenée d'emblée : « Assis à son bureau, en chemise blanche et blazer marine, Jean Daniel contemple sa vie. Elle est là, tout entière, posée devant lui. Non pas un "petit tas de feuilles sèches", comme aurait dit Chateaubriand. Mais un objet dodu : 1728 pages ! Plus de quatre-vingt-un ans d'existence sur papier bible ! Comme étonné lui-même, le directeur du *Nouvel Observateur* fixe ce gros ouvrage qui l'observe en retour. Cadrés serrés, ce sont en effet ses yeux qui semblent trouer la couverture. Dans ce regard intense, on lit la gourmandise et l'inquiétude, le tragique et la ferveur méditerranéenne. Les yeux dans les yeux, l'homme et son œuvre se contemplent... »

Le ton est donné : nulle complaisance à attendre. Placé sous cet éclairage cru, presque impitoyable, pour ainsi dire soumis à la question, l'homme au blazer marine est sur la sellette. Ses propos ne tardent pas à trahir un certain trouble : « J'ai presque honte, aujourd'hui, devant un jeune journaliste. Je n'ai jamais eu la moindre difficulté. J'ai été engagé à *L'Express* au bout de deux articles. Jean-Jacques Servan-Schreiber m'a dit : "Voilà, vous faites partie de l'équipe avec Françoise Giroud, Viansson-Ponté et moi." Quand j'ai quitté *L'Express*, Beuve-Méry m'a appelé le lendemain pour me proposer de rejoindre *Le Monde* ! » Un minimum de courtoisie n'affaiblit en rien la vigueur de l'exégèse, telle est la leçon que devrait retenir Pierre Jourde. Vertige de l'hyperréalisme critique, on distingue presque la honte suer par tous les pores de Jean Daniel.

À table

« Et la vérité, bien qu'elle soit pour certains un petit déjeuner tout à fait sain, se révèle pour tous un dîner trop copieux » (Frederick Busch, *L'Inspecteur de nuit*).

Comme précisé d'emblée, c'est à mon initiative qu'était organisé ce déjeuner en ville, prolongement naturel d'une intense correspondance électronique avec Josyane Savigneau depuis la parution de *La Littérature sans estomac*. Au milieu d'un flot continu d'invectives, de récriminations volontiers délirantes et de sourdes menaces (ainsi fonctionne le petit cinéma de la tyrannie ordinaire, après avoir paradé devant les caméras de télévision pour défendre le droit de Michel Houellebecq à dire autant de conneries qu'il lui en passe par la tête, on traîne ses propres détracteurs en justice afin de les réduire au silence), l'expression d'une douleur sincère perçait de temps à autre dans cette bonne demi-douzaine de mails et j'entendais que la polémique ne dépassât pas certaines limites – il fallait laisser voix au chapitre à ce curieux sentiment dont parle Albert Cohen, à cette « tendresse de pitié » qui retient le bras vengeur de porter des coups trop rudes car même le plus féroce adversaire n'en demeure pas moins, le temps d'une existence, notre compagnon de traversée ici-bas. Pas question pour autant d'en rabattre d'un iota, mais je voulais exprimer de vive voix à la rédactrice en chef du *Monde des livres* que seule sa fonction (et en aucun cas sa personne) était ici en cause. Cela dit, chacun reprendrait son chemin, ses convictions sous le bras. Qu'il entrait dans cette démarche quelque naïveté n'échappera à personne, mais la psychologie totalitaire est l'une des plus complexes qui soient, notamment dans la mesure où l'intolérance et la volonté d'écraser sans pitié l'opposant se combinent à une dose variable de bonne foi. Nul autre qu'Ismail Kadaré ne me paraît avoir aussi subtilement analysé cette très singulière alchimie, plus particulièrement dans son dernier livre[1] où un double romanesque d'Enver Hodja, le plus sanguinaire tyran européen de la seconde moitié du vingtième siècle, parle ainsi de ceux qui tentaient de quitter clandestinement le paradis albanais : « Écoute-moi bien, chuchota-t-il comme s'Il allait lui révéler quelque secret. Ils font ça pour me faire mourir de chagrin. [...] Ils auront tout essayé. Il continua de parler, mais son discours s'embruma, comme déjà à la dernière réunion du Bureau politique. Le ministre essaya mentalement de le rendre plus cohérent. Après qu'ils eurent tout essayé, donc, conspirations, meurtres au poison à effet lent, campagnes de calomnies, etc., ils avaient enfin trouvé l'ultime façon de se venger de Lui : à force de chagrin, en lui brisant le cœur... » De fait, Josyane Savigneau n'a eu de cesse de situer l'essai de Pierre Jourde dans une série de

1. *Vie, jeu et mort de Lul Mazrek*, traduit de l'albanais par Tedi Papavrami, Fayard, 2002.

complots ourdis contre Elle depuis une dizaine d'années, comme si existait certaine force obscure acharnée à Sa perte, indépendamment de Ses faits et gestes professionnels, force appelée à se réincarner sous diverses identités. Vision paranoïaque qui dispense de tout examen des thèses dissidentes, chansons trop connues, simples affabulations d'envieux qui veulent lui faire de la peine. Aucun doute, les quelques flèches décochées par Jourde avaient pour de bon meurtri Jo. S., tout comme les fugitifs albanais qui tentaient de gagner à la nage les Pouilles italiennes brisaient réellement le cœur d'Enver Hodja – avant que celui-ci ne leur brise à son tour bras et jambes.

J'avais accepté que ce rendez-vous, tout d'abord conçu comme un tête-à-tête, se déroule en présence de Patrick Kéchichian. En voyant débouler inopinément Jean-Luc Douin, j'ai compris que l'entretien particulier se transformait en comparution devant une troïka de magistrats. Nous partagerions le sel et le pain mais non pas les principes de la plus élémentaire sportivité.

Il convenait jadis que, avant de croiser le fer, les duellistes échangent leurs cartes. Les nouvelles règles exigent aujourd'hui qu'un serveur leur remette la sienne. Pour arroser les plats du jour, Josyane Savigneau et Jean-Luc Douin choisissent du vin rouge, tandis que Patrick Kéchichian décide de suivre mon exemple et commande de la bière. On pense bien que ce signe de connivence ne m'a pas échappé. Tout comme, selon une légende tenace, les bagnards du goulag stalinien se tranchaient les doigts, ou même les mains, pour les placer entre des pièces de bois destinées à l'exportation – manières de bouteilles à la mer en direction de l'opinion publique occidentale, mon voisin de table m'envoie un message de détresse dont la signification crève les yeux : Patrick Kéchichian n'est pas un numéro, Patrick Kéchichian est un homme libre, Patrick Kéchichian veut sortir du village mais Patrick Kéchichian ne sait comment déjouer la surveillance du Numéro 1 et du Numéro 2, Patrick Kéchichian demande mon aide, Patrick Kéchichian est LE PRISONNIER (générique). J'apprendrai quarante-huit heures plus tard que seul un souci de discrétion, et non un manque de courage physique, l'a retenu de laisser tomber son auriculaire dans ma chope pour plus de clarté.

Dans un premier temps, il faut bien dire que cette rencontre sur le pré évoque moins l'escrime que le patinage artistique. C'est tout d'abord à moi qu'il revient d'exécuter quelques figures imposées en rappelant que le droit de critiquer relève des libertés fondamentales. Droit que j'exerce pour ma part presque quotidiennement en refusant ou en acceptant les manuscrits qui me sont soumis (forme de critique souvent durement ressentie par les auteurs), droit que l'équipe du *Monde des livres* exerce quant à elle sur un rythme hebdomadaire en choisissant de parler ou de ne pas parler des livres qui lui sont adressés, et dans le premier cas d'en écrire du bien ou du mal (autres formes de critique non moins durement ressenties par les auteurs). Pourquoi donc, conclus-je tout en m'immobilisant gracieusement sur la glace encore loin d'être brisée, Pierre Jourde serait-il le seul à ne pouvoir disposer de ce droit ? J'obtiens des notes plutôt médiocres de la part des trois membres du jury. Josyane Savigneau ne voit dans l'ouvrage que « saloperies », attaques dirigées contre sa personne mêlées d'arrière-pensées misogynes et je suis très peiné d'apprendre que le livre a été en outre à l'origine d'une vive querelle intestine sur le double point de déterminer si *La Littérature sans estomac* était bien un pamphlet et son auteur un fils spirituel de feu Jean-Edern Hallier, plus haïssable encore que ce dernier (les morts deviennent tous de braves types à la longue, même et surtout les anciens ennemis intimes – « C'est pour ça que je le [Hallier] préfère aux autres, il n'était que la figure de l'abjection derrière laquelle tous les autres, à l'abri tandis qu'il s'exposait, agissaient », m'a joliment écrit Josyane Savigneau). Ces tentatives de définition et ces procès en paternité ne manquent pas d'intérêt mais quel dommage de troubler ainsi la quiète démocratie des réunions du Litburo[1] et la douce atmosphère que des insolents infiltrés ont eu l'audace de comparer à celle qui baigne les scènes de roulette russe dans *Voyage au bout de l'enfer* de Michael Cimino. Josyane Savigneau a cependant tôt fait d'illustrer la manière dont elle tranche les débats trop embrouillés. Sa technique rappelle davantage Alexandre le Grand devant le nœud gordien que le roi Salomon devant les deux mères qui se disputaient un même enfant : « En tout cas, conclut-elle, dites bien à ce crétin des Alpes que si je le croise un jour, je lui mets mon pied dans les couilles. » Le propos me paraît d'emblée situé à la bonne hauteur. Je me contente néanmoins d'inviter l'émule de Bruce Lee à une certaine prudence, car Pierre Jourde pratique la boxe française (des savates qui partent toutes seules, ça s'est déjà vu), et d'objecter à la représentante du

1. Bureau littéraire (soviétisme).

Monde que cette remarque n'est guère aimable pour ses lecteurs de Grenoble et des environs. Un opposant, ça se dérouille donc. À coups de pied dans les couilles entre autres. Tel est le credo commun à tous les régimes autoritaires, ce que confirme Patrick Kéchichian dans l'édifiante enquête d'Emmanuel Lemieux déjà citée : « Ce lundi 6 mars 2002, à l'heure du déjeuner, l'éditeur Éric Naulleau a passé un mauvais moment dans cette brasserie de l'avenue des Gobelins, à proximité de la rédaction du *Monde*. Naulleau, à sa demande, déjeunait en compagnie de Josyane Savigneau, et de ses adjoints Patrick Kéchichian et Jean-Luc Douin. L'éditeur souhaitait une séance de franches explications, le ton s'est assez vite envenimé. Patrick Kéchichian, adjoint au *Monde des livres*, le confirme tout amusé : "C'est sûr, on l'a sacrément tabassé. Il en est sorti tuméfié." » Il s'agit en l'occurrence, à mon grand soulagement rétrospectif, d'un tabassage métaphorique, car je n'en aurais sans doute pas mené large si notre gaillard m'avait convié à une explication virile sur l'avenue des Gobelins. Mais, tout le monde vous le dira, Patrick Kéchichian n'a encore jamais abusé de sa force auprès de personne. Il préfère en toute modestie rouler des mécaniques à distance. Selon des sources proches de l'enquête, il aurait cependant jugé que j'avais « des manières princières » et ajouté que « soit dit en passant, c'est tout de même *Le Monde* qui a réglé l'addition de ce déjeuner organisé à la demande de Naulleau ».

On comprend mieux pourquoi Patrick Kéchichian met si peu d'élégance dans son écriture – c'est qu'il préfère la placer tout entière dans sa vie. Je tiens cependant à présenter mes plus sincères excuses à Alain Minc et à tous les actionnaires du *Monde* pour le manque à gagner.

Josyane Savigneau n'en démord pas, tout ça (*La Littérature sans estomac* s'entend), assène-t-elle entre deux bouchées, n'est que basses manœuvres d'un establishment machiste qui ne lui a jamais pardonné son sexe et ses origines sociales modestes. Que Pierre Jourde et moi-même soyons des hommes, force est de le reconnaître. Qu'une petite maison d'édition installée sur la rive droite, métro Ledru-Rollin, représente l'establishment contre le plus puissant quotidien français, cela n'est pas moins évident. Que l'auteur et l'éditeur de *La Littérature sans estomac* soient de vieille souche aristocratique, Stéphane Bern ne l'a jamais démenti. Que les individus en question habitent tous deux à proximité du Père-Lachaise (pas ensemble toutefois – un peu de patience, cette précision ne tardera pas à prendre tout son sens) témoigne enfin avec suffisamment d'éloquence que leur cœur, où bat un sang si noir, penchera toujours pour la nomenklatura communarde contre la dissidence versaillaise. Inutile de le nier, les entrées sont à peine entamées que Josyane Savigneau m'a déjà percé à jour. Tout comme elle a débusqué Pierre Jourde : un « planqué universitaire qui se cache derrière son petit doigt ». Je laisse à plus qualifié que moi, psychiatre ou psychanalyste, le soin d'analyser cette singulière détestation de l'Université qui ronge les cerveaux totalitaires. Elena Ceausescu poussait la sienne jusqu'à vouloir se parer des plumes des professeurs qu'elle haïssait – en signant par dizaines les travaux érudits qu'ils rédigeaient pour elle et en accumulant les titres *honoris causa*. Et puis il se révèle malheureusement moins facile de faire la peau à pareil « planqué » que, disons, à un Jean-Philippe Domecq, plus isolé. Pierre Jourde semble refuser de se laisser tirer comme un lapin. C'est rageant. Le manque de fair-play de certains dissidents confine à l'odieux.

Je m'élance à nouveau sur la patinoire, terrain par définition glissant, pour faire valoir que ce qui se rapporte au *Monde des livres* n'occupe après tout que six pages sur plus de trois cents. Je suis cette fois sanctionné d'un zéro pointé par le trio arbitral. Le fait que ces six pages se situent au début de l'ouvrage, apprends-je en retour, valaient garantie d'un scandale soigneusement prémédité. D'ailleurs, pourquoi s'en prendre exclusivement au *Monde des livres* quand il y aurait tant à dire, et plus encore à redire, sur d'autres rédactions ? À commencer par celle où exerçait auparavant Jean-Luc Douin : *Télérama.* S'ensuit une languissante parodie du fameux sketch du Fakir par les regrettés Pierre Dac et Francis Blanche – mon salut sur tous deux, que le Très-Haut les place à Sa droite : « Jean-Luc Douin pourrait m'en dire long sur le fonctionnement de *Télérama* ? – Oui, Jean-Luc Douin pourrait vous en dire long sur le fonctionnement de *Télérama.* – Si je comprends bien, Jean-Luc Douin pourrait m'en dire long sur le fonctionnement de *Télérama* ? – Oh-oh, Jean-Luc Douin pourrait vous en dire long comme le bras sur le fonctionnement de *Télérama.* – Il pourrait m'en dire long ? – Il pourrait vous en dire long ! etc. » Ce seront en définitive les dérobades de Jean-Luc Douin, et non ses révélations sur le fonctionnement de *Télérama* qui traîneront en longueur. Émoustillé par ces échanges et tout fier d'avoir été admis à la table des grands, et un jour de semaine encore ! Patrick Kéchichian s'efforce alors d'ajouter son grain de sel et laisse entendre qu'il pourrait lui aussi m'en dire long sur le fonctionnement du *Matricule des Anges*, revue bimestrielle de critique littéraire à laquelle j'ai l'honneur de collaborer depuis une dizaine d'années. La saillie tourne court et se perd dans un vague gargouillis d'où il ressort, crois-je comprendre, qu'il en a déjà discuté avec Thierry Guichard, l'archange du *Matricule*, et que celui-ci sait donc de quoi il est question. Voilà au moins un point sur lequel Thierry Guichard est plus avancé que moi. Entre deux soupirs étouffés, Jean-Luc Douin et Josyane Savigneau considèrent leur faux rejeton avec un mélange d'amour parental et de cuisant regret que le dernier cri libéral des théories sur l'éducation n'autorise pas d'expédier le gamin manger son dessert à la cuisine.

Josyane Savigneau reprend la parole pour compléter un édifiant tableau de la presse française : la rédaction du *Nouvel Observateur* n'accepterait même pas de déjeuner avec moi, bien trop snobs pour ça, Rinaldi interdisait qu'on cite certains noms dans *L'Express*, que Maurice Nadeau ait proposé à Pierre Jourde de collaborer à *La Quinzaine littéraire* la conforte dans sa piètre opinion de ce journal, quant à *Marianne*, elle met un point d'honneur à ne jamais lire ce « torchon », pour ce qui est du *Figaro*..., etc. Bref, tous pourris ! Si pourris que je propose sur-le-champ à mon interlocutrice de compiler ses observations en un pamphlet à paraître à L'Esprit des Péninsules. À ma grande surprise et à ma non moins vive déception, elle décline mon offre : « Jamais, vous m'entendez, jamais, énonce-t-elle de manière à être entendue jusqu'au

Jardin des Plantes, je ne publierai quoi que ce soit chez vous après ce que vous m'avez fait ! »

Je ne doute pas que les anciens collègues de Jean-Luc Douin pourraient eux aussi m'en dire long au sujet de ce dernier, mais la plupart se contentent de dire que le courage n'est pas sa vertu principale. C'est très injuste. Assuré d'une confortable supériorité numérique, disons trois contre un, Jean-Luc Douin, n'écoutant que son courage, ne dédaigne pas de descendre hardiment dans l'arène, histoire de prendre part à la curée. Cela donne l'intervention suivante :

« Non, mais, vous rigolez ou quoi ?

– Oui », dois-je bien reconnaître.

On comprend mieux pourquoi Jean-Luc Douin met tant d'humour dans ses articles, c'est qu'il en fait un usage très parcimonieux dans la vie.

Il lui arrive d'ailleurs parfois d'en souffrir : « On ne peut pas parler avec vous, se désespère-t-il, vous nous renvoyez tout avec ironie. » Le mot est lâché. De l'ironie ! Mon compte est bon. Pas d'ennemis plus mortels que l'ironie et le sectarisme. L'apparition de la première entraîne l'extinction du second, et réciproquement. Incompatibles. Faire de l'ironie devant les représentants d'un quelconque comité central revient à agiter un chiffon rouge sous le mufle d'un taureau. L'agent ironique se transmet par la bouche d'un lecteur qui éclate de rire en lisant un article de complaisance ou par celle d'un enfant qui lance que le roi est bien court vêtu pour la saison. Pas de vaccin connu à ce jour. Très contagieux. Et voici que l'ironie traverse la Seine pour s'attabler dans une brasserie des Gobelins. La panique gagne le Tout-Paris littéraire.

Sans ironie aucune, pour le coup, j'entonne alors la fameuse chanson de Jacques Brel : « Mais non, Jo. S., t'es pas toute seule. » Je fais remarquer que certains journaux n'ont pas souhaité parler de l'essai jourdien, que d'autres ont livré des comptes rendus nuancés (*La Quinzaine littéraire* a fait paraître simultanément un article favorable sous la plume de Maurice Nadeau et un article défavorable sous celle de Bertrand Leclair, *Marianne* a accompagné sa présentation de l'ouvrage par trois points de vue plus ou moins hostiles de Josyane Savigneau en personne, Pierre Louis Rozynès et Frédéric Beigbeder). Etpuisenfinbontoutdemême, insisté-je, Manuel Carcassonne est venu porter la contradiction à Pierre Jourde sur le plateau de Thierry Ardisson, à la demande et en présence de Frédéric Beigbeder, pourtant l'un des auteurs les plus malmenés dans *La Littérature sans estomac*, sans oublier que même mes chers compagnons du *Matricule des Anges* ont opté pour une interview à charge de Pierre Jourde, nonobstant mes neuf années de bénévolat critique au compteur. Une fois révélé que le papier de Bertrand Leclair a en effet « beaucoup plu » à son équipe [1], une fois précisé que Carcassonne s'est aplati comme une carpette durant le débat sur Paris Première et que Frédéric Beigbeder n'a guère mieux valu, Josyane Savigneau se tourne vers Ceci et Cela, ses deux fidèles lieutenants, pour leur dire que, après avoir « beaucoup soutenu *Le Matricule des Anges* » (première nou-

1. Précisons que Bertrand Leclair est également écrivain. Pour donner une juste idée de son talent dans cet autre domaine, mieux vaut renvoyer à l'élogieuse recension de son deuxième roman (*La Main du scribe*, Mercure de France) par Josyane Savigneau dans *Le Monde des livres* du 29 novembre 2002.

velle !), *Le Monde des livres* avait dernièrement quelque peu négligé ce confrère et qu'il conviendrait d'y remédier. L'énormité de l'aveu, l'aspect grotesque jusqu'à la caricature de ce petit épisode de la carotte et du bâton ne semble choquer personne d'autre que moi-même. Pas de tyrannie plus redoutable que celle qui s'exerce de bonne foi.

Mais, les entrées terminées, mes compagnons de table doivent bien se rendre à l'évidence, aussi incroyable que cela puisse paraître, je ne suis pas venu m'excuser d'avoir publié *La Littérature sans estomac*. En dépit de l'inégalité des forces en présence, Jean-Luc Douin retourne bravement à l'assaut. Le ton a changé, le temps des figures libres est venu. Ce qui donne à peu près l'échange suivant :

« Dites-moi, c'est une habitude chez vous d'écrire aux critiques qui recensent vos livres ?

– Oui, lorsque j'apprécie l'article, je remercie systématiquement le journaliste. Lorsqu'il me déplaît, c'est le cas de celui que vous avez signé dans *Le Monde*, je le fais savoir avec courtoisie, ainsi que je m'y suis efforcé avec vous.

– Et qu'est-ce qui vous a déplu au juste dans mon article ?

– Que vous inventiez des citations en premier lieu et que vous parliez de la respiration catarrheuse de Pierre Jourde en second lieu. Non seulement, ce n'est pas le cas, mais s'il avait été tuberculeux, avouez que vous auriez eu l'air fin.

– Eh bien moi, intervient alors vigoureusement Josyane Savigneau, je souhaite qu'il soit bel et bien tuberculeux et qu'il en crève, qu'on en soit débarrassé le plus vite possible ! »

Au bon vieux temps du parapluie bulgare, ce genre de désir devenait aisément réalité. Il faut aujourd'hui s'en remettre aux caprices du destin et à la bonne volonté des microbes. Certains jours, on en regretterait presque l'empressement de quelques écervelés à démolir le Mur de Berlin. J'ai résisté à l'envie de me lever de table et de quitter le restaurant. Bien m'en a pris – le plus beau, si l'on ose dire, restait à venir.

Suivent en effet quelques tirades marquées au coin d'un délire à peine atténué, invariablement approuvées par ses adjoints, qui opinent du chef à ce que dit le chef façon chiots de feutrine sur la plage arrière d'une Mercedes. À commencer par le reproche de ne pas avoir la reconnaissance du ventre puisque L'Esprit des Péninsules a tout de même « récemment » obtenu les honneurs de la première page du *Monde des livres* pour une de ses parutions. Le « récemment » remonte en vérité à presque trois années[1]. *Nod your head*, n'en continuent pas moins de fredonner en chœur les mister Smith et mister Jones du supplément littéraire, *like this !* Voilà qui n'est pas sans me rappeler le film de Robert Qaszezi et Mesut Tufan (produit par ARTE en 1997) : *L'Albanie d'Enver Hodja,* où figure entre autres une scène d'anthologie : le dernier Conseil des ministres présidé en 1984 par le vieux despote – déjà à demi aveugle et aux trois quarts sénile – où celui-ci se croit revenu quelques décennies plus tôt et demande en conséquence des comptes aux présents pour l'année 1948, sans qu'aucun d'entre eux – pourtant tous hauts dignitaires du Parti – n'ose le contredire.

1. L'article de Philippe-Jean Catinchi consacré aux *Mémoires de D'Archiac,* de Leonid Grossmann, a paru le 4 juin 1999.

Je suis tiré de ma rêverie par une nouvelle et vigoureuse sortie de Josyane Savigneau : « Vous pourrez toujours me dire le contraire, mais je suis sûre que Pierre Jourde est un pédé. » Faute du logiciel adapté, je mouline en vain l'information durant dix bonnes secondes sans parvenir à la traiter. Une fois celle-ci tant bien que mal assimilée (« la rédactrice en chef du Monde des livres vient de traiter mon auteur de "pédé" »), je conseille tout d'abord à mon interlocutrice de s'adresser à la compagne de Pierre Jourde, sans doute plus savante que moi sur ces questions, puis je lui demande sur quelles bases se fonde sa conviction. « Eh bien, m'explique-t-elle avec un louable souci de pédagogie, une certaine catégorie de pédés ne peut pas souffrir les femmes qui ont du pouvoir. En voyant la photographie de Jourde, je me suis d'abord demandé s'il s'agissait d'un hétéro plouc ou d'un pédé venimeux. Et je suis maintenant certaine que c'est un pédé venimeux. »

Une fois débarquée du *Monde des livres*, Josyane Savigneau pourra toujours se reconvertir dans la sociologie amusante. On en redemande. Ainsi fonctionne le petit théâtre de la tyrannie ordinaire : dans le même temps qu'on célèbre le *Journal* de Guibert sur scène [1], on casse du « pédé » en coulisses.

Pas de complot digne de ce nom sans ramifications internationales. C'est ce qu'ont fort bien illustré nombre des critiques penchés sur l'édition anglaise de la biographie de Carson Mc Cullers par Josyane Savigneau. Comme la plupart de ses confrères et consœurs, Evelyn Toynton stigmatise tout d'abord dans le *Times Literary Supplement* la manière très déplaisante dont

1. Ouverture du *Monde des livres* du 23 novembre 2001.

l'auteur dénigre à longueur de page le travail d'une autre exégète de Mc Cullers – Virginia Spencer Carr[1], « une biographe plus objective, aujourd'hui décédée, qu'elle semble considérer comme une manière de traître ». Nous retrouvons là d'emblée un vocabulaire familier et cette impression de *déjà vu*, comme disent les Américains, n'est pas près de se dissiper : « Savigneau voit seulement deux possibles raisons pour ne pas révérer l'œuvre de Mc Cullers : un manque de sensibilité ou quelque arrière-pensée. » Flannery O'Connor déclarait qu'elle n'avait jamais rien lu d'aussi mauvais que *L'Horloge sans aiguilles* ? Simple manifestation d'hostilité, selon la « french journalist », basée sur d'étranges similitudes entre les personnalités des deux Géorgiennes (en fait, corrige Evelyn Toynton, on n'aurait pu, en dépit de leurs communes origines géographiques, imaginer romancières ou femmes plus dissemblables). Edmund Wilson n'aimait pas *Frankie Adams* ? Ce détracteur est « quantité négligeable ». Arthur Miller voyait en Mc Cullers un écrivain mineur ? C'était « pour s'assurer qu'elle ne lui survivrait pas littérairement ». On croirait lire la recette du pauvre brouet critique que dégustent chaque semaine les lecteurs du *Monde des livres*. Pas un ingrédient de la littérature selon Josyane Savigneau ne manque à l'appel : approximations, ressentiment, dénigrement, complexe de persécution, évacuation de toute considération littéraire au profit d'une psychologisation à outrance (« les méthodes de chien de combat

1. *The Lonely Hunter : A Biography of Carson Mc Cullers*, 1975.

de la biographe laissent le lecteur moins assuré du talent de Mc Cullers que des motivations prétendument répugnantes de ses détracteurs », est-il écrit dans le *Baltimore City Paper*). Plusieurs autres critiques soulignent le peu de sérieux de l'entreprise biographique, farcie de « vagues assertions », en déconseillent même la lecture « à quiconque aurait le moindre respect ou la moindre connaissance de l'œuvre et de la vie de Carson Mc Cullers ». Mais c'est à Evelyn Toynton que revient le mot de la fin. En conclusion de sa descente en flammes, elle livre entre les lignes un portrait très juste de la femme présentement assise en face de moi et de la rédactrice en chef qui œuvre chaque semaine dans les pages du *Monde des livres* :

Savigneau est aussi étrangement obsédée par les détracteurs de Mc Cullers. Elle fait référence par douzaines aux travaux d'obscurs ou anonymes universitaires, et consacre des pages entières à défendre son sujet contre les allégations – de certains amis d'enfance et de "nombreux" critiques, croit-on comprendre – selon lesquelles la mère ou le mari de Mc Cullers seraient les véritables auteurs de ses romans. Après avoir cité un critique qui réfute ces accusations, elle entreprend de le fustiger à son tour pour avoir laissé entendre qu'un des livres de Mc Cullers pourrait bien, après tout, avoir été écrit par son époux. Ses réfutations d'un nombre stupéfiant d'accusations donnent l'impression au lecteur de surprendre la moitié d'une querelle privée ou même, à en juger par le ton colérique, d'écouter à travers une porte les grommellements d'une paranoïaque. Tout comme Mc Cullers s'en serait sans doute mieux sortie avec une mère moins indulgente, elle aurait sans doute été mieux servie par une biographe dont l'adoration s'imprégnerait au moins par moments d'un peu d'humour quant à l'objet de son étude.

Oui, il y a des jours où nous sommes tous anglais.

Mais, au fait, Evelyn Toynton est-elle un « pédé venimeux » ou un « hétéro plouc » ?

Josyane Savigneau « regrette », décidément, d'avoir accordé un demi-article à L'Esprit des Péninsules dans *Le Monde des livres* à paraître le jeudi suivant – précisons qu'il s'agit de l'unique recension digne de ce nom consacrée à un ouvrage péninsulaire depuis deux bonnes années. Je ne sais plus lequel de ses homologues, ajoute-t-elle, lui a pourtant bien conseillé d'étouffer la dissidence sous une chape de silence. Sa bonté la perdra, pronostique-t-elle, si ce n'est déjà fait. *Wap-doo-wap-she-ouah-ouah*, chantonnent Dupond et Dupont. Je ne sais pourquoi j'ai alors songé à l'anecdote racontée par le poète bulgare Valéri Pétrov à l'occasion d'une décoration que lui remettait l'ambassadeur de France à Sofia – un jeune chevalier recevait l'ordre de machin-chose des mains de Louis XV et se répandait en protestations de modestie : « Oh sire, je suis indigne d'un tel honneur... – Je sais bien, répliqua le monarque, mais votre cousin a tellement insisté ! »

Il faut croire que Josyane Savigneau n'a cessé tout ce temps de ruminer et ronger son frein, car j'ai à peine goûté mon foie de veau qu'elle assène tout à trac : « J'ai vu la photo de Jourde dans *Marianne*. J'ai trouvé qu'il faisait très sidéen en phase terminale, avec ses lunettes noires, pas vous ? »

Il se trouve que je ne trouve pas. Au regard de pareille ignominie, l'exploit qui consiste à ne pas lire un « torchon » dans le même temps qu'on en regarde les photographies et qu'on y publie un droit de réponse semble par ailleurs bien peu de chose. Ceci et Cela ne trouvent rien à redire. Je rétorque pour l'honneur que j'ignorais jusqu'à ce jour que les lunettes noires entraient dans une quelconque trithérapie et je laisse échapper ma seule et unique remarque sexiste en signifiant à Josyane Savigneau qu'elle a beaucoup de chance d'être une femme, mais le cœur n'y est plus. Et l'estomac pas davantage. Trois cafés plus tard, arrosés de propos assez inattendus (compte tenu de ce qui a précédé) sur la faible notoriété de la littérature bulgare en France, nous nous séparons sur le trottoir des Gobelins. Non sans un dernier échange avec Josyane Savigneau : « Cela fait combien de temps que vous êtes éditeur ? – Environ dix ans. – Cela fait donc dix ans que vous nous méprisez... – Comment cela ? – Eh bien, pas un seul coup de téléphone en dix ans, pas un seul appel pour nous expliquer ce qui est important et ce qui l'est moins dans votre production... » Jean-Luc Douin part en tête, il doit se rendre au vernissage d'une exposition consacrée au surréalisme à Beaubourg. Pour le surréalisme, merci bien, j'ai eu mon compte.

Le soir même, j'assiste à la remise du prix Max-Jacob à Kiril Kadiiski. Afin d'introduire une once de poésie dans le triste petit monde des lettres dont il a été ici question, je reproduis quelques vers d'un des recueils[1] qui lui ont valu cette distinction :

un jour on te décorera à ton tour
mais ta poitrine sonnera déjà creux
poitrine creuse bouche close
le lac brille sceau de plomb sur la bouche de la terre.

1. *Temps de sable*, traduit du bulgare par Sylvia Wagenstein, L'Esprit des Péninsules, 2001.

PIERRE JOURDE

LE CRÉTINISME ALPIN

Ses symptômes,
ses effets pernicieux.
Les traitements pour l'éradiquer

La ligue qui pèse sur la réception de la littérature française n'imagine pas qu'on puisse critiquer en son nom seul, en toute liberté individuelle ; elle ne conçoit pas qu'on publie une analyse critique si l'on n'obéit à quelque obscur dessein mafieux.

La hâte à interpréter un texte selon l'intention supposée, au lieu de procéder à une explication de texte, ramène le débat critique à des stratégies de rumeurs.

Jean-Philippe Domecq,
Qui a peur de la littérature ?

Crétin des Alpes.

(propos de table)
Josyane Savigneau.

Crétin aigri.

(lettre à Pierre Jourde)
Monique Atlan.

Le crétinisme alpin fait rage. Il est urgent de le traiter, avant que cette épidémie n'occasionne trop de ravages. Il revient à Josyane Savigneau d'avoir identifié la maladie et de lui avoir donné un nom.

Et d'abord, à quoi reconnaît-on un crétin des Alpes ?

Il existe deux cas, le crétinisme simple, et le crétinisme galopant, forme aggravée, parfois mortelle, de cette maladie qui affecte avant tout les lecteurs, les écrivains, les libraires.

Le crétin simple est pris d'irrépressibles crises de fou rire en lisant du Christine Angot, du Michel Rio ou du Guillaume Dustan, il considère d'un œil indifférent les critiques que publient les suppléments littéraires des grands quotidiens, voire les magazines spécialisés, il n'accorde guère de crédit aux prix littéraires.

Le crétin galopant écrit des ouvrages satiriques sur la littérature, dans lesquels il va jusqu'à ne pas trouver que Philippe Sollers soit un grand génie. La camisole s'impose, ainsi que des traitements lourds dont on trouvera plus loin le détail.

Depuis quelque temps, pourtant, on croyait le mal disparu. On ne rit plus beaucoup en littérature. Fort heureusement, attaques frontales, combats, pamphlets, satires, parodies s'étaient raréfiés jusqu'à la quasi-disparition. Certes, beaucoup d'écrivains, comme

Sollers, se veulent encore « dérangeants », mais il s'agit d'une coquetterie sans conséquence, de ce que l'on appelle, en médecine littéraire, un *poncif*. Et un bon poncif ne peut pas faire de mal. Philippe Sollers, par exemple, « dérange » sans cesse : en étant bon vivant, en allant voir le pape, en rencontrant Jean-Marie Messier. Il administre par là la preuve de l'innocuité du « dérangeant ». Le « dérangeant » n'est rien de plus que la version contemporaine de l'écrivain respectable. Il faut bien que le bourgeois ait son petit frisson. Dès que le mot « dérangeant » figure dans un texte, on peut le lire sans crainte : c'est toujours le signe qu'il est parfaitement inoffensif.

De même, si le mot de « liberté » revient sans cesse dans la presse, les éruptions de paroles et de pensées libres, jusqu'à une date très récente, restaient exceptionnelles. On affecte bien un peu la rébellion, pour se rendre intéressant, comme un enfant est fier de son appendicite, mais on reste sagement bien-pensant. Bref, on se croyait tranquilles. L'alerte du *Pari littéraire* avait été traitée par la mise en quarantaine du patient. Et puis voilà que le mal sévit derechef : *Célébration de la poésie* (Meschonnic), *La Corruption sentimentale* (Benoît-Jeannin), *Le cadavre bouge encore* (Bottura et Rohe), *Qui a peur de la littérature ?* (Domecq), *La Littérature sans estomac*, d'autres encore, viennent infecter un organisme littéraire qui était devenu presque parfaitement sain.

Le traitement par l'isolement et la cure de silence a permis, là encore, d'empêcher que *La Corruption sentimentale* n'altérât trop les cerveaux. À Domecq, pourtant déjà bien soigné en son temps, il a fallu administrer une nouvelle dose de calmants, *via* quelques journalistes-infirmiers qui se dévouent pour la santé de la littérature. Mais *La Littérature sans estomac* pourrait, comme *Qui a peur de la littérature ?*, répandre quelques miasmes. Son auteur est un « grand malade », diagnostique le professeur Philippe Sollers. Il y eut naguère des pays pleins de mansuétude où le fait de critiquer l'ordre établi était, en effet, un signe de maladie. On traitait les patients dans des établissements spécialisés. Hélas, cela n'est plus possible en France. Faut-il voir dans ce type d'analyse la survivance, chez Sollers, d'une jeunesse bourgeoisement totalitaire ?

Il n'est peut-être pas trop tard pour intervenir. Mais il faut, avant de passer à un traitement radical, examiner soigneusement le mal et la manière dont il a pu se disséminer.

L'auscultation de l'auteur fait rapidement apparaître, écrit Jean-Luc Douin, une « respiration catarrheuse ». Pire, une pulsion irrépressible qui le pousse à s'amuser aux dépens des littérateurs emphatiques et des critiques respectables. Le malheureux est perdu.

Certes, sous la vigueur du propos, on décèle des doutes, des craintes de commettre une injustice. Le livre se fait ici et là l'écho de ces doutes, manifeste des nuances à propos de Sollers, de Toussaint, de Guégan, de Delerm, de Houellebecq. On ne tiendra pas compte de ces symptômes secondaires. Comme l'écrit bien Jean-Luc Douin, nuancer son opinion et ne pas trancher, c'est « navrant ». Trancher trop fermement, c'est navrant aussi, d'ailleurs.

Le délire du patient pourrait tromper un thérapeute peu averti : dans ses divagations, il concède qu'il lui est arrivé d'écrire des bêtises. Il prétend accepter la critique, aussi violente soit-elle, pour autant qu'elle n'émette pas d'inexactitudes flagrantes sur son livre. Il concède que mieux rendre compte de la richesse de la poésie et du roman contemporain eût permis d'y équilibrer la partie satirique. Le crétin admet encore que Bertrand Leclair n'a pas tort, dans *La Quinzaine littéraire*, d'écrire que la théorie de la littérature n'est pas poussée assez loin dans *La Littérature sans estomac*, et d'ajouter qu'il « aurait fallu se risquer à la question de l'ambivalence narcissique, intrinsèque au geste d'écrire ».

Mais cette apparente bonne volonté est une ruse stratégique typique du crétin des Alpes. Non sans perversité, en effet, il allègue que la phrase « l'objectif du texte est toujours plus ou moins narcissique » ouvre la conclusion des trente pages d'analyse de Chevillard (p. 310). Lorsque Leclair ajoute que, pour se livrer à cette réflexion de fond sur le narcissisme « M. Jourde n'aurait pu qu'écrire un autre livre », le crétin fait observer que cet autre ouvrage a été publié en 2001, qu'il s'appelle *Littérature et authenticité*, qu'il y est déjà question, précisément, de l'« ambivalence narcissique », et de bien d'autres sujets. Comme Bertrand Leclair ajoute que Jourde ne tient pas compte de l'ensemble de l'œuvre des écrivains qu'il critique, ce dernier en profite bassement pour demander à l'honnête Leclair pourquoi il ne le fait pas non plus (contrairement à des journalistes qui ont, eux, fait le rapprochement), puisque le livre qui répond à ses vœux a été publié quelques mois avant l'article où Leclair regrette qu'il n'existe pas. Ultime perfidie, le crétin ose demander pourquoi Leclair ne tient pas même compte des mots distinctement imprimés dans le livre qu'il commente.

Le patient déclare encore ne pas être certain que les réactions, même positives, qu'a entraînées l'ouvrage en question soient toutes suscitées par un amour débridé de la littérature. Il se dit conscient que la polémique peut être utilisée à des fins qui ne sont pas celles de l'auteur (par exemple, dans le cas de *La Littérature sans estomac*, une condamnation d'ensemble de la littérature contemporaine), qu'elle peut aussi n'être qu'un moyen de faire du bruit, qu'il suffit parfois de critiquer des gens connus pour s'assurer d'un petit succès.

Ruses grossières. Le misérable fait semblant de ne pas être atteint. Que cela ne fasse pas reculer la main du thérapeute : il s'agit de tailler dans le vif. La chose, comme l'a bien vu le docteur Savigneau, est « infecte ».

Un peu de nosographie, d'abord. Dans quel type d'affection classerons-nous le crétinisme alpin ?

Une démarche courante de l'hygiène journalistique consiste à tenter de ranger un objet littéraire dans une catégorie quelconque. C'est souvent la meilleure manière d'en rater la nouveauté et l'originalité, mais cela a le mérite d'être rassurant. Appelons cela le *principe d'intelligibilité minimale*. Il s'agit de trouver un genre, un mouvement, un groupe, une idéologie où faire entrer le livre et l'auteur. Si on ne trouve pas, on invente. Certains journalistes se trouvent ainsi déconcertés lorsqu'ils éprouvent quelque difficulté à effectuer ce petit travail de classement.

Le cas de *La Littérature sans estomac* pouvait engendrer l'incertitude du médecin. Est-ce un pamphlet ? L'ennui, c'est qu'il fait l'éloge de plusieurs auteurs, et que certaines analyses sont mesurées. D'ailleurs, un pamphlet, on sait bien ce que c'est, depuis Léon Daudet, Céline et Hallier : c'est un langage emphatique ou prophétique, ça tonitrue et ça s'en prend à la vie privée des gens. En outre, c'est souvent d'extrême droite. Là encore, problème : l'objet ne tonitrue guère et se laisse difficilement classer politiquement. Est-ce un essai ou un recueil d'articles ? Il y a une longue préface, des chapitres organisés autour de notions stylistiques, mais aussi des études au cas par cas. Pierre Louis Rozynès parle dans *Marianne* de « compilation d'articles à charge ». C'est une description passable de *Propos d'un entrepreneur de démolitions*, de Léon Bloy, mais pas de *La Littérature sans estomac*. L'auteur peut-il être situé sur la carte stratégique de l'édition ? Appartient-il à un camp ? Mais il s'en prend à toutes sortes de périodiques et de maisons d'édition, tout en défendant des auteurs publiés dans les mêmes maisons que ceux qu'il éreinte. Embarrassant.

Certains praticiens ont relevé le défi. Ils ont considéré comme un devoir de soigner le malade, aussi répugnante que soit la tâche. Mais comment accomplir cet acte de salubrité ?

Il y a d'emblée des parties du corps à exclure. On aurait pu trouver, dans le chapitre consacré à la poésie, considéré par l'auteur lui-même comme discutable, quelques petits troubles organiques, comparables à ceux qui affectent *Célébration de la poésie* de Meschonnic. Mais comme la poésie n'intéresse personne, et que de toute façon ce n'est pas le texte réel de la satire qui doit faire l'objet de la sévère mise au point, inutile d'en parler. Très peu de recensions de *La Littérature sans estomac* évoquent le chapitre sur la poésie : Bertrand Leclair dans *La Quinzaine littéraire*, en quelques lignes, et c'est à peu près tout.

Le praticien chevronné emploie des méthodes simples qui n'en sont pas moins empreintes d'une grande noblesse. Lorsqu'on ne peut pas prendre appui sur ce qui est écrit, *parler d'autre chose*. Ou bien, encore plus simple : inventer. C'est l'imagination thérapeutique qui triomphera du mal. De telles méthodes sont déjà employées avec succès par quelques grands professionnels.

Jérôme Garcin, par exemple. Devant les critiques adressées à l'impérissable *Bébé* de Marie Darrieussecq, le vénérable pédiatre a émis l'idée qu'elles venaient de gens qui n'avaient jamais changé une couche de leur vie. Voilà un argument de fond, voilà qui permet une vraie méditation sur la littérature. Il y a des freudiens, des barthésiens ou des bourdieusiens. Avec Jérôme Garcin, voici la critique Pampers. Dès lors, des questions fondamentales surgissent : peut-on détester *Le Bébé* et avoir changé des centaines de couches ? Peut-on trouver la chose assez douce et les mots de Darrieussecq répugnants ? Garcin répond non. Ainsi, seul un vrai cow-boy pourra juger de la qualité des westerns, seul un flic ou un meurtrier sera apte à estimer un polar. Qui saura parler de Genet sans avoir pratiqué la sodomie ? Qui aura le droit de détester Mauriac sans avoir reçu la sainte communion ?

Si, d'un côté, on ne peut pas émettre de réserves sur le roman de Darrieussecq quand on n'a jamais changé de couche, de l'autre, on n'a pas le droit de critiquer Angot, parce qu'elle écrit avec son corps. Cette idée non moins puissante est émise par le bon docteur Savigneau dans un article du *Monde des livres* intitulé « Angot amoureuse » (titre qui a éveillé l'intérêt de tous les intellectuels français, de Jean-Luc Nancy à Jacques Derrida) : « pour aller ainsi au fond de ses peurs [...], il faut, comme Christine Angot, être un écrivain physique [...] dont tout le corps est engagé dans cette périlleuse aventure – la littérature. Si l'on comprend cela, il est dénué de sens de critiquer Christine Angot, comme on le fait régulièrement. » Christine Angot écrit avec son corps. Ceci n'est pas du tout un cliché pompeux, régulièrement resservi depuis trente ans. C'est une idée originale. Il y a des tas de gens qui n'écrivent pas avec leur corps, mais avec d'autres machins beaucoup moins intéressants. Angot, elle, écrit avec son corps. Notamment avec ses pieds. Et, du coup, c'est rien que du bon, la critiquer serait absurde. En revanche, il est beaucoup plus malin, voire tout à fait sensé, de critiquer les gens qui n'écrivent pas avec leur corps. Là, on a le droit.

D'une manière générale, toute critique un peu vive est un signe d'aliénation. Elle est privée de motifs rationnels. C'est là l'idée commune aux grands docteurs du journalisme littéraire. Pourquoi, en effet, brocarder Sollers, Savigneau, Angot ? D'aucuns s'imaginent qu'il y a des causes réelles. Que si l'on attaque régulièrement certains notables littéraires, c'est parce que leur absence de talent n'empêche pas que leurs textes et leurs opinions continuent à occuper depuis des années le devant de la scène. Pas du tout. Et comme l'écrit Sébastien Lapaque dans *Le Figaro littéraire*, « les charges répétées contre Josyane Savigneau la rendent de plus en plus sympathique, tant de hargne visant nécessairement de vraies qualités ». Nécessairement : le raisonnement est imparable. Toute personne connue que l'on critique est *ipso facto* sympathique. Par exemple, Slobodan Milosevic est souvent vilipendé. Il y a donc du bon en lui. Nécessairement.

Au fond, critiquer, c'est comme ne rien dire. En développant cette idée, le fameux psychiatre Laurent Lemire donne dans *Le Nouvel Observateur* une contribution particulièrement intelligente au débat littéraire contemporain : si on polémique, c'est parce qu'on s'ennuie. Cette lutte est celle, « raffarino-littéraire », de la « France d'en bas contre la France d'en haut ». Saluons ici l'extrême pertinence du propos. Il faut en effet une remarquable acuité littéraire pour trouver une idéologie raffarinienne chez Domecq ou Jourde. L'acuité est ici d'autant plus grande que leurs livres ont été écrits avant même qu'on sache qui diable était Jean-Pierre Raffarin. Mais sans doute les considérations sur Kafka, Faulkner, René Girard ou Sartre ont-elles un parfum d'UMP que Lemire, avec son nez de médecin expérimenté à tout humer, sait reconnaître. À moins que « raffarino-littéraire » ne signifie : « France profonde et provinciale contre Paris ». Y a-t-il, dans le texte de *La Littérature sans estomac*, ou dans *Le cadavre bouge encore*, des signes notoires permettant de penser que leur idéologie est d'en bas, d'en haut, d'à côté, de derrière ou du troisième palier ? Que leurs auteurs habitent Lamotte-Beuvron ou Plougastel plutôt que Paris ? Peu importe : il y a des mots qu'il faut employer, Lemire les emploie. C'est cela, être un bon journaliste. Le traitement habile du crétinisme consiste à réduire tous les débats à l'éternelle opposition Paris-province, ou à un antagonisme politique quelconque.

Ayant ainsi tout transformé en provincialo-parisianisme, Lemire peut s'écrier, triomphant : « ce rien de bien nouveau va faire parler dans quelques arrondissements de la capitale ». Ayant parlé rumeurs et stratégie sans citer un seul argument, il peut rendre son verdict : tout cela « ne nourrira pas le débat intellectuel ». Tuer le débat pour se plaindre qu'il n'y en aura pas, voilà le plus habile traitement qui soit du crétinisme alpin.

Tout est toujours pareil, rien de nouveau, c'est l'éternel besoin d'agitation, diagnostique le docteur Lemire. Il faut admirer la puissance du dispositif curatif. Les écrivains et les critiques atteints de crétinisme se plaignent de l'état actuel du système littéraire. Si personne ne parle d'eux, tout va bien, l'épidémie est morte. Si on parle d'eux, c'est qu'ils sont bien eux-mêmes des représentants du système qu'ils critiquent. On les traitera alors, comme Laurent Lemire empruntant à Philippe Muray, de « Mutins de Panurge », sans avoir une seule fois (c'est cela qui est remarquable) évoqué la moindre idée. C'est ainsi qu'on prévient les risques de contagion.

On peut également parler du physique ou des vêtements du malade : telle est la méthode du professeur Rozynès (« [Jourde] porte des lunettes de soleil sur les photos »), pieusement suivie par le docteur Angot : « il porte des lunettes de soleil, il se fait photographier avec des lunettes de soleil ». « La seule chose qui ressort de leur visage ce sont leurs lèvres tordues par la jalousie, cachées par des barbes, des moustaches, et des faux sourires, des faux sourires entendus. » Et le docteur Angot de conclure : « Qu'est-ce que j'ai fait pour autant les énerver ? » Après la notion garcinienne de la couche-culotte, le concept angotique des lunettes de soleil constitue une avancée décisive dans la théorie littéraire. Afin de mieux mesurer la profondeur des réflexions du docteur Angot, nous reproduisons ici un entretien confidentiel avec le malade en question, qui permettra de constater la gravité du cas :

– Ainsi, lorsqu'on vous a photographié, vous portiez des lunettes noires ?

– En effet. Et aussi un pantalon noir, des chaussures noires, et un slip de la même couleur.

– Mais pourquoi des lunettes noires ?

– C'est-à-dire que s'il fait froid, je mets un pull, et quand il y a beaucoup de soleil, il m'arrive de mettre des lunettes de soleil.

– Vous êtes sûr qu'il n'y a pas d'autres raisons pour cacher votre regard ? Des petits yeux chafouins, un regard torve ?

– C'est vrai, il y a autre chose, je l'avoue.

– Dites-moi, allez-y, n'ayez pas peur.

– C'est un terrible secret. Un jour, peut-être, je le confierai.

– Bon, mais qu'est-ce que Christine Angot a bien pu faire pour autant vous énerver ? Elle dérange, n'est-ce pas ? Il y a quelque chose en elle qui bouscule les conventions, les idées reçues ? Elle vous gêne dans votre confort intellectuel ?

– Elle ne m'énerve pas du tout.

– Elle ne vous énerve pas ? Pourtant, Laurent Lemire, dans *Le Nouvel Observateur*, le dit bien : l'énervement va continuer. Vous êtes énervé, je le sens. Calmez-vous.

– C'est bizarre, de confondre énervement et amusement.

Cas flagrant de crétinisme galopant. Si nous suivons scrupuleusement la méthode des grands professeurs d'épidémiologie journalistique, les Savigneau, Lemire, Lapaque, et autres Garcin, les causes du mal nous apparaissent lumineuses, en même temps que le traitement. *La Littérature sans estomac* est un livre « infect » parce que :

– *Il traîne la plupart des écrivains contemporains dans la boue.*

« Personne ne trouve grâce » aux yeux de l'auteur de *La Littérature sans estomac*, écrit Pierre Louis Rozynès, qui dirige *Livres Hebdo*. Personne, « sinon Gérard Guégan ». C'est juste : seules importent les huit pages consacrées à cet auteur. On comptera pour du beurre les quatre-vingts pages admiratives sur Valère Novarina, Éric Chevillard, Jean-Pierre Richard, les paragraphes élogieux sur Echenoz, Catherine Millet, Pierre Michon, Claude Louis-Combet, Richard Millet, Marc Petit, Georges-Olivier Châteauraynaud. Tous ces gens-là, au fond, ce n'est personne. La formule « personne ne trouve grâce » pourrait amener d'aucuns à se dire : le rédacteur en chef de *Livres Hebdo* n'a pas lu le livre dont il parle. Or ce n'est pas possible, Pierre Louis Rozynès est un homme sérieux et compétent. Serait-ce alors, se demande le lecteur naïf, qu'il trompe ses lecteurs en toute connaissance de cause et tient délibérément des propos mensongers ? Encore plus impossible, l'honnêteté intellectuelle de Pierre Louis Rozynès est au-dessus de tout soupçon. Reste une seule solution crédible : les pages 20, 23, 34-38, 239 à 328 de *La Littérature sans estomac*, tout simplement, n'existent pas. Il faut les ranger dans les aberrations de l'espace-temps.

Frédéric Beigbeder, dans le même *Marianne*, estime quant à lui que *La Littérature sans estomac* défend « une avant-garde vieillotte ». Il ne faut pas se laisser troubler par l'apparente contradiction avec l'analyse de Pierre Louis Rozynès. En dépit de leurs divergences, toutes ces critiques sont d'une grande cohérence, guidées par une rigueur impeccable. Ranger dans l'avant-garde les autobiographies et les hagiographies de Louis-Combet, rédigées dans un français très classique, les romans de Marc Petit, qui prône un retour à l'art de raconter des histoires, voilà qui constitue au moins une démarche intellectuelle audacieuse. Et il est vrai que le cacochyme Éric Chevillard, handicapé par ses trente-huit ans, voit ses facultés intellectuelles et physiques baisser de jour en jour. Place aux jeunes !

– Il ne développe aucune idée sur la littérature.

Il n'y a « ni argumentation sérieuse, ni réflexion, ne subsiste que l'injure », ajoute Pierre Louis Rozynès, rejoignant ainsi l'avis de Jean-Luc Douin dans *Le Monde des livres*, qui parle de « brève analyse de comptoir ». « Pas d'idées sur la littérature », pour les critiques de « Le Masque et la plume ». « Aucune analyse », déclare de son côté Josyane Savigneau.

Là encore, il faut s'incliner devant une telle puissance de diagnostic. Les pages consacrées à l'expérience de la lecture, à la question de l'originalité et de la singularité, à la relation entre signification et ouverture, au rôle du lecteur dans l'œuvre, au non-sens ? Du vent. La théorie sur les rapports entre critique, œuvre et réel dans le chapitre consacré à Jean-Pierre Richard ? Elle aurait paru d'un niveau insuffisant dans *Pif le chien*. Quant aux gloses sur René Girard ou Merleau-Ponty, aux commentaires de Claudel, Borges ou Proust, on reconnaîtra que, comme il s'agit de penseurs de comptoir, on ne saurait parler de réflexion ni d'analyse. En outre il arrive à l'auteur de se référer à *Elle*, comme le note Bertrand Leclair, et cela suffit à annuler toute évocation de Heidegger. D'ailleurs Camille Laurens et Yann Moix y publient, dans *Elle*, c'est tout dire. Non, il faut laisser la réflexion aux spécialistes, Garcin, Ezine ou Rozynès, qui regorgent d'idées sur la littérature, eux.

Attention ! Le crétinisme alpin est extrêmement contagieux. Il provoque très vite la fièvre, puis le délire chez des gens que l'on aurait crus sains. Certains critiques ont ainsi trouvé qu'il se dessinait dans l'ouvrage une conception d'ensemble de la littérature, en particulier autour du problème de la *singularité*, dégagé par Marc-Olivier Padis dans *Esprit*. De même, Jean-Luc Moreau a cru voir un lien entre l'ouvrage satirique et le texte théorique publié quelques mois auparavant, *Littérature et authenticité*. La fièvre engendre des visions, et l'on se met à apercevoir des réflexions sur la fonction de l'illisibilité, sur le narcissisme, sur l'intention, sur la grâce, sur la loufoquerie, sur la manière dont le roman pourrait non pas représenter le réel mais le rendre possible, sur le rapport entre être et langage dans la littérature, etc. Très mauvais signe.

Le crétinisme alpin est d'autant plus pernicieux qu'il *a l'air* d'une vraie réflexion. Face à cela, le thérapeute devra faire preuve d'une certaine habileté clinique. Surtout ne prêter aucune attention aux arguments du malade. Parler d'autre chose, de l'air du temps, de la température ambiante, de Paris, de la Province, de la politique, siffloter. Terminer la consultation en assurant que tout cela n'est rien, symptômes connus, accès réguliers, fièvre passagère, pas de crise, aucun vrai débat, rien ne changera.

– Il ne manie que l'injure et la scatologie.

Jean-Luc Douin, verbalement, au festival « Étonnants voyageurs » de Saint-Malo, Jérôme Garcin, dans *Le Nouvel Observateur*, Yann Moix, dans *Elle*, s'insurgent contre un critique qui parle de « petite crotte desséchée » à propos du livre de Marie Darrieussecq. Ils auraient pu ajouter qu'on trouve deux ou trois fois le mot « merde » dans le livre. Ces délicats critiques ont raison, c'est grave. C'est très vilain de dire « merde » et « crotte ».

C'est encore plus vilain, de la part de l'auteur de *La Littérature sans estomac*, de dire dans d'autres pages : onomastique, ontologique, concetto, nécessité éthique, horizon d'attente, valeur symbolique, parataxe, verbigération, idéalisation métaphorique, philosophie de la réversibilité, asymptote, impropriété sémantique, être-là, phénoménologie, ek-stase, psychanalyse existentielle, requête de la grâce, illusion positiviste, singularité astrophysique, sans compter le déluge des métaphysique. On comprend que Jean-Luc Douin et Jérôme Garcin aient reculé devant un tel flot d'ordures, et qu'ils aient préféré ne pas même citer ces gros mots. Ils prouvent que celui qui les emploie, non content d'être un « analyste de comptoir », se perd dans d'obscures abstractions inaccessibles au public moyen. Il était difficile d'associer les deux, il a réussi ce répugnant exploit.

Certes, l'expression « crotte desséchée » qualifie un livre, *Truismes*, qui se complaît de manière très explicite dans la scatologie, et la formule intervient dans un commentaire de cette scatologie, illustré de passages où le personnage du roman se vautre dans son « caca » et son vomi. Mais ce n'est pas une raison, Douin et Garcin ont raison de s'offusquer. Il s'agit d'être un peu rigoureux : d'abord, un écrivain a le droit d'écrire « caca », mais pas un critique. Chacun son travail. Et puis, ce n'est pas parce qu'un roman parle de tripaille, de pourriture, d'excréments et de vomi à longueur de pages qu'on a le droit d'employer le mot « crotte » à son sujet.

Le jugement de Yann Moix, « votre prose adore les lieux d'aisances », est plus surprenant dans la mesure où son roman *Podium* contient des pages entières consacrées aux excréments, et tout un chapitre a pour sujet des toilettes conchiées dans un restaurant. Il faut reconnaître que *Podium* est un ouvrage inventif, désopilant, émouvant aussi, et que le chapitre en question atteint à une espèce de grandeur épique dans la truculence. Sans doute ce talent coprolalique a-t-il fait considérer à Yann Moix qu'il était l'unique propriétaire de la merde.

Certes, de grands polémistes, au lieu de se contenter de glisser quatre ou cinq « merde » en 330 pages, ont fait un usage à peu près exclusif de la scatologie, de l'injure et des appels au meurtre en guise d'argumentation. Il suffirait de ne relire que quelques pages de Léon Bloy prises au hasard. Ce dernier a même mis en scène directement aux toilettes un respectable journaliste littéraire, qui fut à peu près l'équivalent de notre Savigneau au siècle dernier : « Il y a quelqu'un » est un texte consacré à Francisque Sarcey, la cible favorite d'Alphonse Allais. Mais ce n'est pas une raison. Léon Bloy est un homme respectable, il appartient à notre patrimoine culturel, et Patrick Kéchichian, collègue de Jean-Luc Douin, peut le préfacer sans avoir l'impression de se salir les mains. Par-dessus tout, Léon Bloy a une immense qualité, qui rachète toute sa scatologie : il n'a jamais eu l'impertinence de s'en prendre au *Monde des livres*.

Le Monde des livres n'est pas bégueule, il admet le pamphlet, dès lors qu'il n'est pas affecté de crétinisme alpin. La preuve : René de Ceccatty a consacré dans ce périodique un long et élogieux article à *La Parole putanisée* de Waldberg. Cette fois, pas question de reprocher à Waldberg de la « brève analyse de comptoir ». Son ouvrage, qui s'attaque aussi bien à des textes contemporains qu'à des livres publiés il y a trente ans, est certes un peu effronté par moments, mais, là encore, il a au moins le mérite de n'adresser aucune critique au *Monde des livres*. C'est un indice de santé mentale.

– Il vient d'un provincial (ou d'un Parisien).

Plus encore que l'invention, la ressource la plus sûre du critique dans l'embarras consiste à parler d'autre chose. Ainsi, l'intelligibilité minimale aime la géographie, qui permet de situer quelqu'un sans trop de frais d'imagination. Parce que la quatrième de couverture de *La Littérature sans estomac* mentionne que l'auteur est « professeur à Grenoble III », il s'agit forcément d'un provincial, alors que les écrivains qu'il commente illustrent le « *parisianisme* ».

Pour être un bon journaliste, il faut ne surtout pas trop se risquer dans la complexité (c'est bien connu, les vraies choses et les gens vrais sont tout simples, pas complexes du tout). De bonnes grosses oppositions. Il faut deux camps, du blanc et du noir. On sait où on est. Bien sûr, certains auteurs commentés dans le livre vivent en province ou en sont originaires. Bien sûr, l'auteur de *La Littérature sans estomac* est né dans la banlieue Est, y a vécu vingt-cinq ans, habite à Paris, enseigne à Valence, faculté dépendant de celle de Grenoble, et passe une bonne partie de sa vie au fond du Cantal. La réalité est ainsi, multiple. Trop compliqué. Il faut des schémas d'intelligibilité.

Premier schéma : un critique provincial (donc sain) monte à l'assaut du parisianisme (forcément frelaté). Deuxième schéma : un critique provincial (donc aigri et réactionnaire, voire *raffarinien*) monte à l'assaut de Paris (donc de la modernité progressiste). Le critique remporte un certain succès ? Automatiquement, il devient parisien. Qui dit parisien dit « salon ». Il ne faut jamais décevoir les amateurs de clichés. Jérôme Garcin s'y emploie. Troisième schéma donc : les salons parisiens, superficiels et snobs, s'entichent d'un ouvrage (superficiel et snob aussi, par voie de conséquence) que le bon sens provincial ignore. Quatrième schéma : un critique parisien (moderne) pourfend quelques succès fabriqués à l'usage des provinciaux (attardés).

On le voit, l'avantage de ces schémas, outre leur simplicité, c'est de permettre de dire n'importe quoi, de juger n'importe comment. On comprend que de nombreux journalistes en aient usé généreusement.

– Il est écrit par un aigri et un envieux.

Autre inépuisable source d'inspiration pour l'intelligibilité minimale : les intentions et motivations supposées de l'auteur du livre. Dans le cas d'un ouvrage critique, on a toujours à sa disposition un argument tout neuf, tout frais, bien qu'il serve depuis des siècles : tout critique est un aigri envieux. Dire qu'après cela certains prétendront que trop de journalistes se gavent de poncifs !

L'auteur de *La Littérature sans estomac*, donc, veut « se faire un nom », « rêve d'un destin glorieux » (Pierre Louis Rozynès). Il est rongé par la jalousie (Christine Angot). Ce même argument est employé par Bertrand Leclair dans *La Quinzaine littéraire* et par Edwy Plenel dans *Livres Hebdo*. Monique Atlan, de France 2, dans une lettre personnelle qu'elle a adressée à l'auteur, le traite de « crétin aigri », « de cette aigreur que l'on ressent face à l'assèchement de sa propre créativité ». Yann Moix écrit : « comme le succès de vos romans, vendus à sept exemplaires, ne risque pas de vous monter à la tête, eh bien ce sont les acidités qui remontent. [...] La seule chose que vous ne digérez pas, finalement, c'est votre anonymat. Vous attaquez Beigbeder, Darrieussecq et Sollers parce que votre rêve est de devenir Beigbeder, Darrieussecq et Sollers. Défendre Éric Chevillard vous rassure parce que, hormis Éric Chevillard et vous, personne ne lit Éric Chevillard. »

Raphaëlle Rérolle, du *Monde des livres*, a parfaitement donné la substance de tout cela en affirmant, au cours du festival de Saint-Malo, que l'auteur s'était lancé dans la critique par dépit de l'insuccès de ses romans. Il est regrettable que le public du festival n'ait pas manifesté l'enthousiasme qu'aurait dû susciter une aussi profonde analyse.

Certes, ces perspicaces analystes ne connaissent pas personnellement l'auteur de *La Littérature sans estomac* – « Je ne vous connais pas », reconnaît franchement Monique Atlan au début de sa lettre. Mais ils possèdent de solides connaissances médico-psychologiques, qui leur donnent les moyens de scruter les rêves. Yann Moix, qui est bien renseigné, sait que Jourde habite « une chambrette », et qu'il « idéalise le Flore ».

On ne saurait parler de procès d'intention. Un critique un peu trop mordant ne peut qu'être le jouet de la jalousie ou de la vanité. Pourquoi ? *Parce que c'est bien connu*, tout le monde le sait, on l'a toujours dit. Quel que soit le contenu d'un livre polémique, les critiques qu'il émet n'ont aucune valeur, parce qu'elles proviennent nécessairement de l'aigreur – et jamais de l'envie de s'amuser, de l'irrespect, de la colère devant de fausses valeurs ou tout simplement du désir de donner son avis. Il n'est dès lors pas nécessaire d'argumenter, c'est bien pratique.

Les jaloux sont de toute façon voués automatiquement aux enfers de l'histoire littéraire. Aucun grand écrivain n'a jamais été jaloux. Jérôme Garcin sait quels sont les livres qui passent à la postérité, les œuvres durables : ce sont celles qui ont duré. Le bon Francisque Sarcey estimait, lui aussi, que Racine était durable. À son époque, Corbière n'avait pas encore assez duré pour qu'on puisse sans risque le déclarer durable. Garcin peut ainsi affirmer, sans crainte d'être démenti, que *La Littérature à l'estomac* de Gracq est un pamphlet durable. Les raisons en sont : *primo*, qu'il n'y a pas d'attaques *ad hominem* (si Jérôme Garcin avait lu Gracq, il aurait pu constater qu'il s'en prend explicitement à Simone de Beauvoir, à Simone Téry, et, de manière transparente, à Étiemble, même s'il ne le nomme pas, mais Jérôme Garcin est un critique suffisamment expérimenté pour n'avoir pas besoin de lire les livres dont il parle) ; *secundo*, que c'est un livre sans amertume (on tiendra pour négligeable l'aveu de Gracq lui-même, selon lequel son livre a été écrit par dépit et colère de l'éreintement du *Roi pêcheur* dans la presse) ; *tertio*, qu'il est plein d'humour, contrairement à *La Littérature sans estomac*, qui en est dramatiquement dépourvu. Gracq est en effet ce boute-en-train que l'on connaît, toujours une bien bonne sous la plume. Jérôme Garcin (du *Nouvel Observateur*) ne rate décidément jamais les vérités qui passent à sa portée. C'est avec raison qu'il érige en modèle de pamphlétaire Bernard Frank (du *Nouvel Observateur*).

De nombreux journalistes littéraires respectés, qui publient dans de grands journaux, tiennent donc à peu près le même raisonnement. C'est la preuve qu'il est bon. Pourquoi, se demandent-ils, critiquer tel ou tel écrivain, pourquoi s'étonner du succès critique de livres médiocres ? La réponse est évidente. Eux aussi ils savent, eux aussi ils sondent à distance les reins et les cœurs, les intentions et les désirs. La nature humaine n'a plus de secret pour eux : *pour obtenir des places*. Quelle autre motivation pourrait être imaginable par des gens comme Moix, Leclair ou Angot, qui savent de quoi ils parlent ? Quel naïf irait croire que l'on critique pour le plaisir, ou par honnêteté intellectuelle ?

Les arguments de fond ne sont que des illusions, la discussion littéraire un semblant. La réalité, pour un homme lucide, c'est que celui qui critique convoite la place de celui qui est critiqué. Voilà le véritable débat, tel qu'il est brillamment mené par Sébastien Lapaque, dans *Le Figaro littéraire* : Jourde « faisait feu » sur « Houellebecq, Beigbeder, Olivier Rolin » (si si, Houellebecq aussi, c'est Sébastien Lapaque qui le dit), et « on sentait son dépit de ne pas avoir un strapontin parmi eux ». Il y a des gens qui argumentent, qui citent, qui débattent. Sébastien Lapaque n'a pas besoin de ça. Il *sent*, lui. Le dépit, il sait le lire à travers les mots. Il est très fort, Sébastien Lapaque. Tellement fort qu'il n'a même pas besoin de preuves. Puisqu'on vous dit qu'il sent !

Et Jean-Philippe Domecq, c'est pareil. Le « syndrome Iznogoud », l'envie des places ! Domecq voudrait être Sollers. La preuve ? Il est paranoïaque. Il croit bêtement, Domecq (autre fou, autre crétin des Alpes), que s'il a reçu des lettres d'injures et de menaces de la part de sympathiques directeurs de suppléments littéraires, si on l'a flanqué à la porte de chez ses éditeurs, si sa carrière d'écrivain a été brisée dix ans à la suite de la publication de son pamphlet, si on l'a partout traité de fasciste pour bien l'enfoncer définitivement, c'est qu'il y a une vraie censure en France. Le docteur Lapaque a vite fait d'analyser son cas : paranoïa. Encore une preuve : le malade accuse Sollers de se plaindre d'être un persécuté. Mais en quoi Sollers, ce grand marginal, serait-il moins persécuté que Domecq ? Hein ? Franchement ? On ne peut quand même pas confondre un vrai paria de la littérature comme Philippe Sollers avec un faux persécuté comme Domecq ! Sébastien Lapaque a raison de se plaindre de l'absence de débat littéraire et de la pauvreté de la critique journalistique en France. Heureusement, il relève le niveau.

Écartons une hypothèse absurde : que Domecq veuille être non pas Sollers, mais Domecq, qu'il publie ses livres dans l'espoir que ses idées seront reconnues à leur juste valeur, et qu'elles exerceront une influence sur les esprits.

En réalité, si vous parvenez à vous faire entendre, c'est bien la preuve que vous n'êtes qu'un arriviste. Le succès d'un livre constitue une preuve irréfutable de la vanité et de l'ambition de son auteur. S'il l'a écrit, c'est uniquement dans le désir peu ragoûtant d'être reconnu. Remarquons qu'une idée aussi puissante jette un éclairage nouveau sur la littérature entière. Pour un individu qui écrit, le péché constitutif, au fond, c'est de se faire connaître. Dans la théorie de Moix, Rozynès, Leclair, Lapaque and co., un bon pamphlétaire est un pamphlétaire muet, un écrivain pur ne publie jamais rien.

À l'exception, peut-être, de ceux qui sont déjà très connus, et qu'on ne saurait donc soupçonner de vouloir se faire connaître.

– La preuve, il ne s'attaque qu'aux auteurs à succès.

Pour Frédéric Beigbeder aussi, *La Littérature sans estomac* pèche par « aigreur », puisqu'elle s'attaque « aux seuls auteurs à succès », et défend d'ennuyeux et obscurs petits écrivains. Pour Jérôme Garcin, dans *La Provence*, elle « réduit à néant et sans distinction tout ce qui se publie et qui a du succès ». Même idée chez Yann Moix dans *Elle* (en admettant que les termes « idée » et « Moix » puissent être compatibles). Certes, d'autres thérapeutes émettent une opinion contraire. Ainsi, pour Christine Angot : « il encense ceux que personne ne peut attaquer ». Noble incertitude de la médecine, qui n'enlève rien à la qualité du diagnostic ! Personne ne peut attaquer Novarina ou Guégan, personne ne l'a jamais fait, comme on sait. C'est un peu trop facile de défendre Claude Louis-Combet ou Marc Petit, et de s'en prendre à Olivier Rolin ou à Sollers.

Si l'on suit, de préférence, le diagnostic de Garcin, Beigbeder et Moix, on devra donc supposer que Catherine Millet, Michel Houellebecq et Jean Echenoz, défendus dans le livre, ne sont pas des auteurs à succès, et que Gilles Lades, Marie Redonnet, François de Cornière, Patrick Tudoret, qui y sont brocardés, voient au contraire des exemplaires de leurs best-sellers s'entasser en tête de gondole. Moix et Beigbeder ont raison. Pour être un bon critique, la méthode est simple, et surtout inédite : il suffit de faire l'éloge des auteurs à succès, et de démolir les écrivains méconnus. Après tout, c'est de leur faute, ils n'avaient qu'à ne pas être méconnus.

En associant les idées de Garcin, Rozynès, Leclair, Moix et Beigbeder, on obtient une théorie convaincante : le devoir d'un critique consiste à se mettre au service des écrivains puissants, tout en se faisant le plus discret possible. Écrivains tonitruants et critiques muets ou timides, voilà qui nous changerait, en effet, de la vie littéraire contemporaine.

Le bon docteur Moix n'imagine pas que l'on puisse commenter un livre sans prêter une importance majeure à son chiffre de ventes. Il n'imagine pas non plus que l'on critique un texte simplement parce qu'on le trouve bon ou mauvais. Le bon docteur Moix n'imagine rien du tout, c'est un homme sérieux. Si l'on aime Éric Chevillard, que « personne ne lit », plutôt que Christine Angot, c'est forcément par envie. Il y a un siècle, Armand Silvestre et François Coppée remportaient un grand succès. Quel aigri, ce Verlaine, qui tournait en dérision François Coppée, et qui allait exhumer, dans *Les Poètes maudits*, des inconnus, des illisibles ! Ils s'appelaient Rimbaud, Corbière, Mallarmé. Les Yann Moix de service se moquèrent d'eux. En quoi ils eurent bien raison, car les poètes maudits étaient des fous, des malades et des ivrognes.

Le fonctionnement intellectuel de Moix est plein d'intérêt : il s'intéresse non au fond des arguments, mais à leur intention supposée. Il considère ensuite, systématiquement, que ces intentions sont basses. Voilà la juste voie : toujours aller vers la bassesse, ne pas chercher à imaginer autre chose.

L'envie est sans doute le péché le plus répandu et le moins avouable. Le critique n'y échappe pas plus que le créateur, le paysan pas plus que la coiffeuse. Il est curieux qu'on n'ait jamais envisagé comme produit de l'envie que la critique négative, et non l'admiration. Mais nous devons sans cesse avoir à l'esprit les impératifs de l'intelligibilité minimale.

L'auteur de *La Littérature sans estomac* l'a publiquement avoué : oui, faisant son examen de conscience, il y a trouvé de l'envie. Il lui est arrivé d'en sentir la morsure en lisant Novarina et Chevillard. Il s'en est soigné, prétend-il, en écrivant leur éloge. Miraculeusement, la plaie s'est refermée. La critique peut se faire appropriation amoureuse (les Grecs appelaient cela *zelos*). Quant aux productions de Bernheim, Angot ou Laurens, vraiment, nulle trace d'envie, ni pour l'œuvre, ni pour la notoriété qui s'y rattache. Car il aurait honte d'avoir signé de tels livres.

N'importe quoi. Qui pourrait accorder crédit à de telles affabulations ? Non, non, la médecine littéraire, représentée par des sommités telles que Yann Moix,

Sébastien Lapaque, Bertrand Leclair ou Raphaëlle Rérolle, nous l'apprend : seule la bassesse mène les hommes.

La plus haute autorité intellectuelle de notre temps vient d'ailleurs de rendre un verdict définitif sur la question. Philippe Sollers, dans un entretien au *Nouvel Observateur*, se demande qui peut bien prêter intérêt aux critiques formulées par Domecq, Benoît-Jeannin ou Jourde. « Des gens qui pratiquent la vertu intégrale ? Permettez-moi un franc fou rire. » Eh oui, tout cela n'est que lutte d'intérêts, « lutte des places », dit Sollers avec sa lucidité proverbiale. Tout ceux qui croient à autre chose sont des hypocrites, des naïfs ou des crétins des Alpes.

– C'est du mépris du public.

Pour la gentille Patricia Martin, de France Inter (« Le masque et la plume »), s'en prendre à un auteur qui a du succès : « quel mépris du public ! » Pour la gentille Patricia Martin, le nombre fait la raison. On retrouve le même argument imparable dans la bouche de ceux qui transforment la télévision en temple de l'avilissement et de la laideur : vous vous élevez contre cela ? Quel mépris du public !

La gentille Patricia Martin n'imagine pas un instant que la satire puisse constituer un acte de résistance contre les succès fabriqués et contre la manipulation des gens. La gentille Patricia Martin n'envisage pas que le mépris du public soit du côté des industriels de l'édition dont le métier est de vendre, et parfois de tromper sur la marchandise. Il n'entre pas dans l'esprit de la gentille Patricia Martin que le public d'Angot ou de Beigbeder puisse écrire au critique qu'il a raison, et qu'il est las, le public, que certains éditeurs le méprisent assez pour, au moyen d'habiles campagnes et de journalistes aux ordres, lui faire acheter des livres qu'il ne parvient pas à lire ou qui l'écœurent. Patricia Martin n'imagine rien du tout. Pourquoi ? Eh bien, parce qu'elle est gentille.

– Il détache les citations de leur contexte.

Il faut respecter le public, donc, et respecter la soupe qu'on lui sert. Il faut respecter le texte. Sachant jouer avec brio de la technique comme de la psychologie, Bertrand Leclair rappelle, tout comme Jean-Luc Douin, que des citations ne doivent pas être détachées de leur contexte. Voilà une idée neuve, qui n'a à peu près jamais servi. Et c'est tellement vrai : par exemple, sur les 270 lignes du chapitre consacré à Marie Darrieussecq, dans *La Littérature sans estomac*, il n'y a que 65 lignes de citations (un quart du texte). Dans le chapitre sur Christine Angot, une trentaine de citations (deux par page en moyenne), dont certaines d'une demi-page seulement. C'est scandaleusement peu. Bertrand Leclair fait en général beaucoup mieux. Comment prétendre commenter une œuvre à partir de si peu ? Et de quel droit détacher cette formule de Christine Angot : « Marie Christine Léonore Léonore Marie-Christine Marie-Christine Léonore », alors que dans *L'Inceste* ces deux noms sont répétés sur une pleine page, ce qui a quand même un tout autre sens ! Pour éviter ce grave défaut, il aurait fallu reproduire *in extenso Truismes* ou *L'Inceste*. C'est ainsi que l'auteur procédera la prochaine fois qu'il publiera un livre de critique.

L'impeccable Jean-Luc Douin cite toujours avec abondance, lui. Il ne détache jamais les citations de leur contexte, lui. Il les invente, c'est plus simple et plus rigoureux. Lorsqu'il dit que, selon Jourde, *Le Monde des livres* serait « verrouillé » par Sollers, les guillemets entre lesquels Douin place le mot « verrouillé » sont censés faire leur travail de guillemets : indiquer que ce terme figure dans le texte de Jourde. Ce qui n'est pas le cas. Mais cela n'a aucune importance, tout est dans l'esprit. D'ailleurs Jean-Luc Douin ne transgresse aucunement ici le code de déontologie du *Monde des livres* : ce dernier stipule qu'une citation « ne peut être corrigée », il ne précise pas que le journaliste doive s'interdire d'en inventer une. On a bien le droit à un peu de créativité.

On a vu, à propos de scatologie, comment Jean-Luc Douin s'y entendait pour attribuer au critique la scatologie du critiqué. Ce savoir-faire dans la délicate manipulation de la citation, le grand praticien nous en donne à chaque instant de nouvelles preuves. Commentant *La Littérature sans estomac*, Douin rapproche deux expressions : « dégoulinade verbale », qui qualifie *Cancer*, de Mehdi Belhaj Kacem, et « logorrhée amphigourique », qui désigne les pièces de Valère Novarina. Comme la première stigmatise le style de Belhaj Kacem, et que la seconde figure dans un éloge de Novarina, Jean-Luc Douin démontre bien, par ce rapprochement, le caractère « incohérent » des propos tenus dans *La Littérature sans estomac*. Certes, des chipoteurs, en allant regarder les détails, pourraient constater que l'ouvrage s'interroge très explicitement sur l'illisibilité, qu'il en oppose deux formes, l'une inventive et l'autre conventionnelle, l'une qui fonctionne et l'autre non, tout cela dans le passage même où est relevée l'une des deux formules. Ces esprits mesquins pourraient alors se laisser aller à soupçonner un journaliste du *Monde des livres* de falsification, ou plus simplement de bêtise. Il ne faut pas penser des choses pareilles, parce que ce n'est même pas vrai.

Il ne faut pas le penser non plus lorsque Jean-Luc Douin écrit que « Combattant majeur » est la « manière jourdienne de désigner Philippe Sollers ». Le fait que l'expression soit employée par Viviane Forrester dans un article du *Monde des livres* à la gloire de Sollers, et *citée* dans *La Littérature sans estomac*, ne saurait nous induire à penser que Jean-Luc Douin se livre à un trucage, ou qu'il ne lit pas les articles publiés par le journal où il travaille. En effet, *Le Monde des livres* est un journal sérieux et c'est avec raison que Jean-Luc Douin se réclame de cette vertu qu'il applique si bien, la rigueur. Comme on le voit, du point de vue des citations, son article est un modèle de rigueur.

De même, lorsque Jean-Luc Douin relève les erreurs grossières qui figurent dans *La Littérature sans estomac*, il faut le croire sur parole : les auteurs auxquels cet ouvrage attribue des prix « n'ont pas été honorés par le Goncourt ou le Femina ». Donc, Olivier Rolin n'a pas reçu le prix Femina pour *Port-Soudan*, Pascale Roze n'a pas reçu le Goncourt en 1996. *C'est une erreur.* Elle a *cru*, à tort, recevoir ce prix, et le jury a cru à tort le lui attribuer. Telle est la puissance de l'illusion humaine.

L'idée qu'un tel auteur puisse recevoir ce prix n'était pas, il est vrai, très crédible.

Lorsque Bertrand Leclair donne des leçons de citation, et qu'il qualifie de « dérapage » le fait d'écrire d'un critique qu'il a « de la merde plein la bouche », on applaudit. Quelle grossièreté, en effet. Si on se reporte au texte de *La Littérature sans estomac*, on y lit que le critique en question a « de la merde dans les yeux », expression triviale, sans aucun doute, mais atténuée par son caractère consacré, lorsqu'il s'agit de signifier un manque de clairvoyance. Bertrand Leclair parle de « citations tronquées », « soigneusement prélevées ». Après quoi, il reproche à Jourde cette phrase : « ce que Voltaire a fait pour la civilisation occidentale du XVIIIe siècle, Houellebecq l'accomplit pour l'humanité de notre fin de siècle ». La comparaison est, ainsi isolée, d'une exagération ridicule. Ne prêtons aucune attention au fait qu'il est uniquement question de comparer, non pas l'idéologie ou l'engagement, mais des techniques du récit, le dispositif narratif des *Particules élémentaire*s et de certains textes de Voltaire comme *Micromégas* : faire voir une civilisation dans le regard d'un étranger. C'est cela que Houellebecq « accomplit » en donnant de notre monde la vision d'un homme futur.

N'en concluons pas pour autant que Bertrand Leclair, comme son confrère du *Monde*, trafique les citations, les « prélève soigneusement » afin de les détourner totalement et sciemment de leur sens. Des journalistes comme Rozynès, Leclair, Douin sont des autorités, des gens trop honorablement connus pour qu'on puisse les soupçonner de francs mensonges ou de manipulations de texte. Si ce dernier semble les démentir, il s'agit sans doute d'une hallucination passagère du lecteur, qu'un peu de critique sérieuse et honorable dissipera.

– L'auteur n'a pas lu tous les livres des écrivains qu'il critique.

Le corollaire du *principe d'intelligibilité minimale* est la *loi du report perpétuel*. Le journaliste rigoureux qui ne supporte pas que l'on analyse avec un peu trop d'insolence un auteur qu'il apprécie appliquera cette loi. S'il aime Olivier Rolin, il affirmera qu'aucun des passages de Rolin cités par le critique insolent n'est le *bon* passage. La citation ne rend pas compte de l'ensemble du texte. Le roman critiqué n'est pas lui-même le bon roman : il faudrait aussi parler des autres. C'est l'argument développé un peu partout, dans « Le masque et la plume » par exemple. Reporter, toujours reporter. Vous n'aimez pas *Dans ces bras-là* de Camille Laurens ? Vous trouvez ça niais ? Lisez donc *Philippe*. Ah ? non plus ? Parlez d'autre chose, alors, de ce qu'aime Camille Laurens, de ce qu'elle croit écrire, ou dit écrire, de ce qu'elle mange, de qui elle fréquente. Classez-la dans un mouvement quelconque. Faites de la sociologie. Énoncez quelques généralités. Il n'est jamais bon de prendre une phrase et de l'analyser. L'œuvre, la vraie, est toujours ailleurs.

Cette méthode a réussi à Philippe Sollers qui a bâti toute son œuvre de critique sur le principe du report. La pensée de Philippe Sollers consiste en effet à montrer que Heidegger, Rimbaud, Bataille (etc.) n'ont jamais été pensés et que lui, *un jour, il les pensera*. N'est-ce pas génial ? Il faut reconnaître que la pénétration psychologique de certains journalistes se double d'un véritable don de medium. Josyane Savigneau parvient ainsi à savoir, parmi tous les livres dont quelqu'un ne parle pas, ceux qu'il n'a pas lus ! Bien entendu, il faudrait, pour critiquer sérieusement un livre, avoir lu toute l'œuvre de son auteur. C'est certainement la règle que se donne Josyane Savigneau elle-même. Gageons que, avant de qualifier d'« infecte » *La Littérature sans estomac*, et son auteur de « crétin des Alpes », elle a auparavant lu scrupuleusement :

Géographies imaginaires ; *Huysmans, À rebours : L'identité impossible* ; *L'Alcool du silence – sur la décadence* ; *L'Opérette métaphysique d'Alexandre Vialatte* ; *Visages du double* ; *Empailler le toréador – l'incongru dans la littérature française* ; *Littérature et authenticité – le réel, le neutre, la fiction* ; *Carnage de clowns* ; *Dans mon chien* et autres textes du même auteur.

La Littérature sans estomac porte sur la littérature française contemporaine. Toute personne qui se lance dans ce genre d'entreprise doit bien évidemment avoir tout lu dans le domaine qu'elle aborde, sinon ce n'est même pas la peine de parler. Éric Auerbach, pour écrire *Mimesis : la représentation de la réalité dans la littérature occidentale* n'a pas manqué de lire toute la littérature occidentale.

– Il diffame « Le Monde des livres ».

Il faut reconnaître à Josyane Savigneau une qualité rare : elle sait tirer le maximum des capacités intellectuelles dont elle dispose. C'est avec une grande économie de moyens qu'elle fait avancer le débat dans *Marianne* : parmi les auteurs brocardés dans *La Littérature sans estomac*, il y en a qu'elle *aime* et d'autres qu'elle *n'aime pas*. Voilà une inventivité conceptuelle stimulante. Cet ouvrage n'est « pas convaincant » à ses yeux et, sur certains points, elle n'est pas de son avis. Comment répliquer à des raisonnements si décisifs ? C'est ce qui s'appelle, comme elle le dit bien, « juger sur le fond ». Notons-le au passage, il y a, au *Monde des livres*, un sens admirable de l'argument nuancé, de la discussion expresse : ainsi, Éric Holder, certes, emploie un « registre ténu », il est amoureux de « la poésie minuscule du quotidien ». De « pseudo-pamphlétaires » peuvent-ils pour autant considérer Holder comme un « minimaliste » ? C'est « absurde » (Josyane Savigneau). Minuscule, oui. Minimaliste ? absurde. Un point, c'est tout. « Il est dénué de sens de critiquer Christine Angot » (Josyane Savigneau). C'est comme ça, et pas autrement. « Je l'affirme » (Jean-Luc Douin). Encore une fois, l'absurdité de certaines critiques prouve bien que leur auteur est dérangé.

Admirons, en outre, la manière dont Josyane Savigneau définit le genre auquel appartient *La Littérature sans estomac* : il ne s'agit pas d'un pamphlet, « qui suppose un style et un angle particuliers ». Définition aussi éclairante que lapidaire. « C'est donc un essai. Or, comme essai, surtout venant d'un universitaire, il me paraît faible, maniant plutôt l'invective (qui conviendrait mieux au pamphlet) que l'analyse des textes. » On s'incline devant l'imparable circularité de l'argument : voilà un texte qui n'est pas un pamphlet mais qui a le tort d'avoir tout de même les caractéristiques du pamphlet.

Patrick Kéchichian, qui préfère, aux polémistes vivants, les polémistes morts (au moins, ils se tiennent tranquilles), préface *Le Pal* de Léon Bloy. À propos des relations entre les écrivains et la presse au XIXe siècle, il remarque : « nous n'avons, depuis lors, guère accompli de progrès en direction de la raison. On s'enchante, on tire bénéfice, au contraire, de la confusion des pouvoirs. » Qui, « on » ? Quel est ce redoutable et mystérieux « on » dénoncé par Patrick Kéchichian avec une telle témérité ?

Josyane Savigneau et Edwy Plenel se dressent avec force contre une thèse gratuite, développée dans *La Littérature sans estomac*, qui met des noms sur ce « on » : selon cette thèse, *Le Monde des livres* rend régulièrement hommage à l'un de ses plus célèbres collaborateurs, Philippe Sollers. Il arrive en outre au *Monde des livres* d'accorder quelque intérêt à des jeunes gens que le même Sollers accueille dans *L'Infini*, tels les sympathiques fondateurs de la fameuse revue *Ligne de risque*.

Eh bien non ! ces allégations sont diffamatoires et injurieuses. Des rumeurs ! Personne, à part l'auteur de *La Littérature sans estomac*, n'avait rien remarqué de semblable, à l'exception peut-être de quelques malheureuses victimes d'hallucinations chroniques. Parmi les trop nombreux hallucinés : Maxime Benoît-Jeannin dans *La Corruption sentimentale* et Jean-Philippe Domecq dans *Le Pari littéraire*.

Pourquoi Sollers fait-il quelques apparitions dans *Le Monde des livres* ? parce que c'est un très grand auteur, persécuté, qui a besoin d'être défendu. Pourquoi les collaborateurs de *Ligne de risque*, parmi des dizaines d'autres revues ? Parce qu'ils sont talentueux et sympathiques, bien sûr. D'ailleurs, la rentrée littéraire 2002 apporte une nouvelle preuve du caractère diffamatoire des propos tenus par Jourde, Domecq et autres crétins. Oui, bien sûr, on a vu Sollers le paria à la télévision, on l'a entendu sur France Inter en compagnie de Miss France, on l'a flagorné sur France Culture, interviewé dans *Le Nouvel Observateur*, Jean-Luc Douin a balancé l'encensoir en une pleine page du *Monde des livres*. Mais Sollers dérange tellement, il est tellement censuré que tous ces courageux chevaliers de la critique ont à cœur de se battre vaillamment pour réparer l'injustice.

Il y a encore des naïfs pour croire que Sollers ne dérange personne. Mais il suffit de lire *L'Étoile des amants*, son dernier roman, pour se convaincre du contraire : à chaque détour de page, l'auteur s'y fait huer par le public. Certes, le public est imaginaire et les huées sont rédigées par Sollers lui-même, comme dans les sitcoms télévisées où toutes les blagues sont saluées par des rires enregistrés, mais ce détail ne change rien à l'essentiel.

Josyane Savigneau, en bon médecin de la littérature, applique brillamment le principe d'intelligibilité minimale. Dans cette affaire, elle est une victime, odieusement agressée. Elle n'est que la pauvre rédactrice en chef du *Monde des livres*, intervenant de temps à autre sur France Culture ou à la télévision, chez Guillaume Durand, au grand étonnement des intellectuels étrangers, qui n'ont pas notre souplesse déontologique. Oui, victime, à l'instar de cet autre martyr, Philippe Sollers, qui crie dans le désert (à la télévision, à la radio, dans *Le Monde des livres*, *L'Infini* et quelques autres négligeables revues). Qui clame à grand fracas son amour du silence. Qui se montre partout pour bien faire voir qu'il est invisible. Disons-le haut et fort, il y a là un complot, orchestré avec toute la formidable puissance de L'Esprit des Péninsules.

Edwy Plenel est un homme sérieux et un journaliste respectable. Il a parfaitement compris les ressorts du crétinisme et les expose dans un entretien à l'impartial *Livres Hebdo* : si l'on attaque *Le Monde*, c'est par « jalousie » (voir plus haut). Jalousie, c'est-à-dire, sans doute, le désir de devenir Plenel à la place de Plenel,

Kéchichian à la place de Kéchichian. C'est aussi parce que Josyane Savigneau « dérange » (il faudrait un jour écrire un ouvrage entier à la gloire de ce verbe utile, déranger, de sa souplesse rhétorique, de sa puissance d'évocation). C'est surtout par « détestation de la liberté ». Autrement dit, critiquer la servilité du *Monde* envers quelques écrivains, avec les risques que comporte une telle critique, dans la mesure où *Le Monde*, comme le dit Plenel lui-même, a du pouvoir, tout comme en ont certains des écrivains qu'il soutient, eh bien cela, ce n'est pas du tout, comme un vain peuple pourrait le penser, l'exercice même de la liberté, c'est le contraire ! Que c'est bon, quand une grande conscience analyse un problème culturel.

Cette grande conscience qu'est Edwy Plenel délivre généreusement les révélations : Philippe Sollers n'a aucun pouvoir, il n'exerce aucune influence au *Monde*, si le sommaire du *Monde des livres* ressemble parfois étrangement au sommaire de *L'Infini*, cela n'a rien à voir avec le fait que Sollers est à la fois au *Monde* et à *L'Infini*.

Enfin, et surtout, Plenel y revient à plusieurs reprises, *Le Monde* assume « des identités métisses ». Ce n'est pas un stéréotype contemporain, le métissage, non non. Ce n'est pas juste pour faire bien que Plenel parle de métissage, il y a de fortes raisons pour cela. Des esprits mesquins, en voyant Plenel parler de métissage au lendemain d'un article louangeur à lui consacré par son propre journal, prétendraient que, dans le vocabulaire ethnologique, Plenel confond « métissage » et « endogamie ». Absolument pas. Il suffit de lire *Le Monde des livres*, d'examiner ses collaborateurs : dans cet espace de métissage, pas moisi pour deux sous,

Krishna Sollers échange des vues, en toute liberté, avec Mohammed Sollers, Aaron Sollers, Santiago Sollers, Amadou Sollers et Wou-Tang Sollers.

Toutes ces attaques consistent à refuser le débat de fond, dit très bien Plenel. Si *Le Monde* et ses journalistes n'ont jamais répondu aux arguments de *La Littérature sans estomac* qu'en évoquant la jalousie, le populisme, le complot, la misogynie ou le crétinisme de l'auteur, c'est précisément pour créer ce débat de fond qui nous fait tant défaut.

– L'auteur n'aime pas les femmes.

Josyane Savigneau, avec sa lucidité habituelle, a bien vu pourquoi on lui en veut : *c'est parce qu'elle est une femme.* Bon sang, mais c'est bien sûr. Les critiques malveillants cherchent l'homme Sollers derrière la femme, vieux schéma misogyne. L'argument a l'avantage de ne pouvoir en aucun cas être contré : si Philippe Sollers avait été une femme, on se serait lâchement attaqué à deux femmes, c'est-à-dire à toutes les femmes. Si Sollers avait été une femme et Savigneau un homme, les critiquer, c'eût encore été de la misogynie : encore ce XIXe siècle rétrograde, avec ses discours faussement égalitaires, prétendant que les femmes exercent le vrai pouvoir dans l'ombre des hommes, les mènent et les inspirent, etc. Si Josyane Savigneau avait été une cocotte-minute et Philippe Sollers un démonte-pneu, en s'attaquant à la cocotte-minute, on dévoilerait sa haine inconsciente et symbolique de la femme.

En outre, Sollers est un grand combattant du féminisme, comme on sait. Des formules telles que : « le jour où les femmes aimeront les femmes... ça se saura ! », dans *Éloge de l'infini*, n'ont rien à voir, par exemple, avec l'idéologie moisie du XIXe siècle. Quelle connaissance du cœur féminin !

Avec le talent qu'on lui connaît (normal, ça vient du corps), Christine Angot résume la situation en écrivant dans *Epok* que *La Littérature sans estomac* s'en prend « à la rédactrice en chef du *Monde des livres*, une femme ». Il s'attaque à une femme ! Le monstre ! Et non seulement cela, mais ce malade, selon certaines rumeurs dignes de foi, agresserait les petites vieilles et s'amuserait à faire peur aux enfants (à vérifier auprès de Pierre Louis Rozynès ou de Yann Moix, qui détiennent des informations sur le domicile, les habitudes et les amitiés du pervers).

À plusieurs reprises, *La Littérature sans estomac* s'en prend à certaines représentations misogynes. Encore une ruse. Bertrand Leclair, l'homme qui n'aime pas les citations détachées de leur contexte, ne s'en laisse pas conter : citant une formule, parodiant une telle représentation dans un texte de Redonnet, une formule qui caricature la complaisance dans les mises en scène humiliantes de femmes afin de condamner cette complaisance, Leclair en conclut que c'est Jourde le misogyne. Prendre le parodiste pour le parodié, c'est ce qu'on appelle l'intelligence du texte. Leclair est un spécialiste.

Josyane Savigneau n'admet pas qu'on imagine toujours qu'un homme se tient derrière une femme dès qu'elle exerce une responsabilité. Que Philippe Sollers se trouve derrière, devant, à côté, légèrement à l'ouest, qu'il soit un homme, une femme, un gastéropode ou un ophicléide ne change certes rien aux faits suivants :

1. L'entité nommée Sollers est un écrivain connu, puissant, qui est quelque chose dans la maison Galli-

mard et qui est en outre éditorialiste associé au *Monde des livres*.

2. *Le Monde des livres* publie non seulement de nombreux textes dudit Sollers, mais, avec constance, de copieux articles sur l'œuvre dudit Sollers, lesquels sont généralement des éloges sans réserve, et parfois des exercices d'adoration lyrique.

3. L'entité Josyane Savigneau dirige *Le Monde des livres*. Il est donc à supposer qu'elle a quelque responsabilité dans cette situation.

Déontologiquement, cette situation est-elle normale et saine ?

1. Josyane Savigneau déclare que oui, parfaitement, et que si on dit le contraire, on est un triste individu, un crétin des Alpes, un comploteur, un diffamateur et qu'elle fera un procès.

2. Donc, cette situation est normale et saine.

(Pour éviter les procès, les noms de tous les collaborateurs du *Monde des livres* seront désormais censurés par notre collaboratrice, la bonne Anastasie. Elle ne dispose que de vieux bips de qualité moyenne, mais elle fera de son mieux.)

Nous dirons même plus, et nous le dirons haut et fort : tout reproche adressé à une femme est un acte misogyne. Ce que ne manque pas de déclarer J[bip]gneau dès qu'on la met en cause. C'est même devenu chez elle un automatisme.

En même temps, certes, Josyan[bip]au déteste le « politiquement correct » : « de supposés médiateurs du livre [...], écrit-elle, voudraient désormais imposer aux artistes d'être de bons élèves, d'honnêtes travailleurs, de braves types et des filles convenables, ne disant aucun mal des religions, des femmes, de l'école, de la société... En un mot, de se conformer à ce que [...] Philip Roth désigne comme “cette saloperie qui s'appelle *political correctness*”. » En dépit des apparences, il n'est pas vraisemblable que Jo[bip]neau se range elle-même parmi les « supposés médiateurs du livre ». Elle prouve là, encore une fois, sa légendaire souplesse intellectuelle : le politiquement correct, ce n'est pas bien, sauf lorsqu'on l'utilise à son propre usage.

Une telle agilité mentale force l'admiration. Les femmes du monde entier devraient prendre exemple sur Jos[bip]u : d'un côté, qu'elles dénoncent sans relâche l'affreux *politiquement correct*. De l'autre, dès qu'un individu se permet de critiquer une femme, qu'elle crie à la discrimination. Voilà qui fera avancer la cause des femmes, voilà qui la rendra crédible.

Certes, il y a encore des femmes qui se contentent bêtement de répondre aux critiques par la seule force de leurs idées, en tant qu'êtres humains et en tant qu'individus, sans recourir à l'alibi féministe et à la théorie du complot. Ce sont des traîtresses à la cause. J[bip]u a parfaitement compris que les vraies féministes, au lieu de se contenter de servir cette cause, doivent aussi *s'en servir*. La méthode, d'ailleurs, est universelle, elle a fait ses preuves :

Comment ? Vous trouvez que le sénateur Mc Carthy exagère ? Vous ne seriez pas communiste ?

Quoi ? Vous estimez que la politique économique du Petit Père des peuples est un peu trop brutale ? Sale agent de l'impérialisme.

Hein ? Vous insinuez que [bip]igneau met un peu trop la publication qu'elle dirige au service des intérêts de Ph[bip]lers ? Vous n'êtes qu'un misogyne, cher monsieur.

Des gens de mauvaise foi croient remarquer, ici et là, dans les mœurs de la critique ou de l'édition, des pratiques qui ressemblent à celles des bonnes vieilles dictatures staliniennes : les victimes sont appelées bourreaux et les bourreaux victimes. Ceux qui monopolisent le pouvoir et la parole se font passer pour des persécutés. Ceux qui verrouillent toutes les issues deviennent les gardiens de la liberté. Ceux qui, comme Christine Angot, se plient servilement aux manipulations éditoriales posent au rebelle. Ceux qui sont au cœur du système affectent d'être des « gêneurs ». Ils utilisent des causes justes à leur profit, s'en servent comme alibi, incapables de penser qu'on puisse attaquer de bonne foi leurs actes et leurs écrits, non leur personne, leur sexe ou leur sexualité, tant leur vision du monde se résume aux manipulations dans lesquelles ils sont plongés. Ils font preuve d'un mélange de ruse et de paranoïa qui semble constituer le fatal syndrome de l'autocrate.

En réalité, rien de tout cela n'existe. « *Je l'affirme* », dit avec beaucoup de pertinence Jea[bip]ouin. Tous ceux qui pensent autrement font partie du complot. Tous ceux qui pensent autrement sont déjà atteints par le virus du crétinisme.

– C'est du populisme et de la lepénisation des esprits.

Dans *Livres Hebdo*, Pierre Louis Rozynès taxe l'auteur de *La littérature sans estomac* de « *populisme* ». (Le terme est également employé par Edw[bip]el dans *Livres Hebdo* à propos de ceux qui critiquent S[bip]llers. Quelle cohésion dans la pensée de ces grands esprits.) « *Populisme* » dégage des remugles nettement péjoratifs. De quoi s'agit-il ?

Le populisme est une maladie, proche du crétinisme, qu'on attrape en se mêlant au peuple. Le diagnostic de « *populisme* », émis par le bon docteur Rozynès, provient d'une séance sur le roman français contemporain qui s'est tenue au festival Étonnants voyageurs de Saint-Malo. Le public, nombreux, a paru y prendre nettement parti pour le satiriste, aux dépens de journalistes du *Monde des livres* dont les interventions se signalaient pourtant par leur pondération et leur finesse. Le populisme, c'est cela. Lorsque Jean[bip]ouin accuse l'auteur de *La Littérature sans estomac* de parler de « crotte » à propos de *Truismes*, ce n'est pas du populisme. Lorsque Ra[bip]rolle lui reproche de polémiquer par aigreur et dépit, ce n'est pas du populisme. Lorsque le polémiste réplique en montrant des inexactitudes patentes dans un article de Jean-Lu[bip]in, ou en faisant remarquer que l'envie n'est pas forcément un mauvais moteur de la démarche critique, et qu'on peut d'ailleurs être critique sans nécessairement être envieux, mais avec quelques raisons de fond, ça, c'est du populisme. C'est donc ce qui a séduit le bas peuple. Si, au contraire, c'est Je[bip]uin qui avait été ovationné, et non pas hué, alors ce n'aurait pas été du populisme, mais le succès mérité d'une analyse intègre. On comprend donc que le populisme, au sens où Pierre Louis Rozynès emploie ce mot, c'est le succès public de l'autre.

On pourrait arguer qu'un succès public n'est pas forcément populiste, c'est-à-dire pas nécessairement fondé sur la démagogie. Un public de salon littéraire n'est pas exclusivement composé d'imbéciles manipulables par un batteur d'estrade. En l'occurrence, la réalité des faits n'a aucune importance. Ce qui compte, ce n'est pas du tout ce que signifie le mot « populisme », ni son rapport avec les propos réellement tenus, c'est ce qu'il laisse entendre. Populisme suggère des choses pas bien propres : démagogie ou poujadisme. D'éminents sociologues contemporains emploient le terme « populiste » pour désigner Jean-Marie Le Pen. Accuser quelqu'un de *populisme* lorsque son discours a été plus ou moins *populaire*, c'est cligner de l'œil en ayant l'air de dire que le borgne extrémiste n'est pas bien loin.

Et puis, pourquoi ne pas franchir le pas ? Pourquoi ne pas accuser carrément *La Littérature sans estomac* d'illustrer la lepénisation des esprits ? Rien ne doit nous arrêter, tant il est urgent d'assainir la vie littéraire. C'est pourquoi Jean-L[bip]uin aurait eu tort de se gêner, toute personne qui n'est pas d'accord avec *Le Monde des livres* étant par définition fasciste. Dans cet esprit, l'édition 2001 du festival Étonnants voyageursde Saint-Malo prend un petit air de retraite aux flambeaux à Nuremberg.

Le mot de « lepénisation » n'a aucun rapport avec le contenu exact du livre ? Et alors ? Le premier devoir du bon journaliste-médecin littéraire est d'employer des termes qui discréditent l'adversaire et l'assassinent idéologiquement. Il importe peu que l'on ignore tout de l'auteur de *La Littérature sans estomac* et de ses engagements privés ou publics. On n'accordera aucune attention à des détails, à des phrases aussi insignifiantes que celle-ci, dans l'ouvrage qui fait de la lepénisation : « Eugénisme, plus racisme, plus référence à la pensée new age semblent faire des *Particules élémentaires* et de *Plateforme* les Bibles romanesques de l'extrême droite. [...] D'ailleurs, tout cela mériterait des coups plus encore que des réfutations. » Non, il ne faut pas se laisser arrêter par d'aussi fallacieux alibis. Seule la froide raison doit diriger nos pensées, selon les modèles logiques suivants :

Socrate est mortel. Les chats sont mortels. Donc Socrate est un chat.

Jean-Philippe Domecq n'aime pas Buren. Jean-Marie Le Pen n'aime pas Buren. Donc Jean-Philippe Domecq est fasciste.

Pierre Jourde n'aime pas Christine Angot. *Le Monde des livres* aime bien Christine Angot et pas Jean-Marie Le Pen. Donc Pierre Jourde participe à la lepénisation des esprits.

Avec un peu de rigueur dans le raisonnement, on peut aller très loin, et faire réellement avancer le débat.

Évidemment, à force d'accuser un peu n'importe qui de participer à la lepénisation des esprits, on court un petit risque : celui de faire perdre tout sens à l'accusation. Celui de montrer en Le Pen un homme soutenu par toutes sortes d'écrivains et de critiques dont les idées n'ont aucun rapport avec l'extrême droite. Par conséquent, on contribue à détruire son image d'extrémiste isolé, on le banalise. Par conséquent, on travaille précisément à ce contre quoi on pousse des cris : la lepénisation des esprits. Mais ce léger inconvénient n'est rien face au devoir d'éradication du crétinisme.

Des naïfs pourraient regretter que des causes aussi justes que le féminisme, la démocratie et les valeurs républicaines en soient réduites à ce triste rôle : être brandies à tout bout de champ et sans motif précis, sinon celui de servir d'alibis, par des journalistes qui ne supportent pas la critique. Attention : un tel regret est un signe de crétinisme alpin. Résumons notre pensée : toute critique irrespectueuse est du fascisme.

Par conséquent, on devrait l'interdire.

Dès qu'un malheureux se met à pouffer en lisant deux ou trois pages du livre pernicieux, il importe d'immédiatement employer quelques-unes des bonnes médecines dont on a donné ci-dessus les recettes, et que certains journaux littéraires appliquent avec brio :

– Parler d'intentions supposées, de motivations putatives, d'idéologies hypothétiques, de rumeurs, de bruits, mais surtout pas des mots exactement écrits dans un livre.

– Ne pas hésiter à affirmer, sur un texte pernicieux, toute chose utile à la cause, même si le contenu précis de l'ouvrage le dément formellement.

– Employer tous les poncifs et idées reçues qu'on a sous la main, cela aura toujours l'air d'une idée, et ça passe facilement.

– Tout présenter comme un affrontement entre deux camps ou deux positions bien tranchées, des noirs et des blancs, des méchants et des gentils. Surtout se garder de la complexité.

Sera considérée comme complexe, donc impossible à penser, donc impossible tout court, toute situation du type :

Défendre des écrivains et en attaquer d'autres.

Critiquer Josya[bip]u et ne pas être misogyne.

Être critique et joyeux.

Aimer la littérature moderne et pas certains auteurs contemporains.

Pratiquer l'humour et la pensée sérieuse.

Manier l'invective et l'analyse détaillée.

Être parisien et provincial.

Si on ne parvient pas, avec de telles méthodes, à soigner les malheureux rieurs et à éradiquer le crétinisme alpin, on aura alors recours à des remèdes plus radicaux. On brandira des menaces de procès, on distribuera quelques insultes et menaces choisies, mais attention, par oral, à l'extrême rigueur par courrier. Les publier nuirait à la réputation du praticien. On peut, par exemple, souhaiter verbalement que ce pédé de Jourde crève de la tuberculose ou du sida, sans perdre son honorabilité de journaliste. Ne nous laissons pas refréner par le *politiquement correct* ! L'important, bien entendu, est de s'assurer qu'aucune des personnes présentes ne témoignera.

L'ennui est que trop de journalistes fragiles semblent aujourd'hui se laisser contaminer par le crétinisme, et commettent la regrettable erreur de contribuer à sa dissémination.

L'idéal serait l'isolement total du vecteur d'épidémie. L'insolence de Jean-Philippe Domecq, qui avait osé s'en prendre dans *Le Pari littéraire* à quelques notables (dont J[bip]eau), fut punie par un lynchage médiatique. Ces exécutions ont l'avantage de servir d'exemple, et d'éloigner les individus aux organismes un peu trop fragiles.

Bien sûr, il ne s'agit nullement d'appliquer la moindre censure. Comme on le sait, la censure, aujourd'hui, ça n'existe plus, la liberté est totale. Mais un journal ou une radio doivent opérer des choix dans l'information. Si, par exemple, deux émissions qui devaient avoir lieu sur France Culture à propos de *La Littérature sans estomac* ont été déprogrammées au dernier moment, dont une au moins sur intervention de la direction, ce n'est pas de la censure, cela tient simplement à ce qu'une radio doit coller aux urgences de l'événement. Il y a toujours une visite en France d'un ministre des sports paraguayen, une déchirure du zygomatique gauche d'un footballeur monégasque, brûlante actualité qui impose tout naturellement sa priorité. Si des écrivains dont l'ouvrage devait être recensé par *Le Monde des livres* ont eu la surprise de constater qu'il n'était tout à coup plus question d'en parler, cela n'a rien à voir avec le fait qu'ils ont écrit un article favorable à Domecq ou à Jourde : la censure, ça n'existe pas.

Si le présent texte, qui devait initialement être publié dans le recueil *Le cadavre bouge encore*, en a finalement été écarté par l'éditeur Léo Scheer, c'est pour des raisons techniques, pour l'équilibre du recueil, et pas du tout, mais alors pas du tout, par crainte de fâcher tel ou tel personnage important. Ça n'a rien à voir avec le fait que *Livres Hebdo* (et Pierre Louis Rozynès, donc) s'est associé à la sortie de ce recueil. Il ne faut pas imaginer n'importe quoi.

Un texte de Pierre Jourde sur l'université (sans aucun rapport avec la littérature contemporaine) devait paraître dans le numéro de janvier des *Temps modernes*. L'article, déjà composé, a été écarté par Claude Lanzmann après qu'il eut vent d'un procès et contacté J[bip]vigneau. Sartre aurait-il demandé l'*imprimatur* du *Monde* pour le sommaire des *Temps modernes* ? Faut-il que des revues se ferment aux gens qui déplaisent à celle-ci ? Questions oiseuses. De toute façon, il ne peut s'agir de censure puisque, la censure, ça n'existe pas.

Disons-le, répétons-le, ressassons-le : la censure, ça

n'existe plus. C'est Sébastien Lapaque lui-même qui l'affirme. On parle de Jourde et de Domecq ! C'est bien la preuve que personne n'essaie de les empêcher de parler !

La censure, ça n'existe plus. Les pressions sur un journaliste, un rédacteur en chef ? Impossible. Ça se saurait. Et puis nos intellectuels sont, dans leur majorité, trop imprégnés des valeurs « de gauche », de l'amour de la liberté, pour se permettre des choses pareilles. Est-ce qu'on imaginerait une grande universitaire progressiste comme Jul[bip]teva intervenant auprès d'un magazine pour faire chasser comme une vulgaire domestique la journaliste qui se serait permis quelques réserves sur son dernier livre ? Allons donc, nous ne sommes plus au XIX[e] siècle, comme dirait J[bip]neau.

Cet examen clinique du crétinisme alpin a pour nous été l'occasion de dresser un petit bilan de santé morale et intellectuelle de la critique journalistique. On aura pu observer que certains de ses membres les plus éminents sont en pleine forme, et contribuent ainsi à sauvegarder la santé de la littérature en général. On le voit bien avec la rentrée littéraire 2002, qui a vu le triomphe critique du passionnant ouvrage de Christine Angot, où dans un style merveilleusement maîtrisé elle fait part au monde de ses difficultés dans l'aménagement d'un appartement ou l'achat d'une baguette de pain.

Une grande loi est à retenir pour conserver un corps sain et une digestion parfaite de toutes les denrées dont fait commerce l'industrie éditoriale : mieux vaut parler de liberté de pensée et d'indépendance qu'en faire réellement usage. Si l'on fait l'éloge de polémistes, d'ironistes, de gens ayant choisi d'attaquer des puissances au prix de quelques risques, on les choisira, de préférence, plutôt morts. On est sûr de ne pas attraper du mal en disant tout le bien qu'on pense de Voltaire ou de Zola. Pour aujourd'hui, surtout pas d'imprudence. Ne pas parler trop haut. Si quelqu'un se met à rire, s'éloigner avec précaution. Et surtout, rester bien couvert.

ANNEXES

« Aujourd'hui, n'importe qui attaque un livre. Cela peut être une personne, un restaurant, un camping ou une entreprise » (Emmanuel Pierrat, cité par Alain Salles *in* « Le livre et la justice », *Le Monde des livres* du 5 mars 2002).

Extraits d'articles de presse

(Avertissement : citations dangereusement détachées de leur contexte.)

Parmi les premières répliques à *La Littérature sans estomac*, on a pu lire ces interventions décisives dans *Marianne* :

Qu'est-ce que c'est, au fond, que ce livre ? Une compilation d'articles à charge traînant dans la boue la moitié de la jeune littérature française.

(Pierre Louis Rozynès.)

Il attaque des écrivains que je n'aime pas, comme Marie Darrieussecq ou Camille Laurens, et je ne le trouve pas plus convaincant que lorsqu'il attaque ceux que j'apprécie, comme Christine Angot ou Michel Houellebecq [...]. Quant à moi, je suis lassée que dès qu'une femme occupe un poste de responsabilité, on cherche l'homme derrière.

(Josyane Savigneau.)

Peu après, dans *Epok* n° 28, une certaine Christine Angot (une femme) parlait d'« un certain Jacques-Pierre Amette » (un homme), « un certain Christian Authier » (un homme), « un certain Maxime Benoît-Jeannin » (un homme) et « un certain Pierre Jourde » (un homme), sans compter Michel Waldberg, qui, lui, n'est pas « certain ». Mais c'est certainement un homme. Ce qui est certain, c'est que nous donnons ici certains extraits permettant de se faire une certaine idée des arguments de l'auteur d'un certain *Pourquoi le Brésil ?*

Il traîne dans la boue certains auteurs que j'aime, d'autres que je n'aime pas. Il encense ceux que personne ne peut attaquer, tellement ils suscitent l'indifférence respectueuse, Chevillard ou Novarina, qui peut être contre ? Il se plaint de Philippe Sollers, du *Monde des livres*, et de sa rédactrice en chef, une femme.

(Christine Angot.)

On voit à quel point Angot la rebelle (une femme) sait faire la synthèse des avis autorisés. Pourtant, nous avons eu beau chercher, faire plusieurs fois le tour de Pierre Louis Rozynès (un homme) et de Christine Angot (une femme), nous n'avons pas réussi à trouver l'homme qui se cacherait derrière l'un, la femme derrière l'autre. Chacun s'exprime en toute liberté, tout occupé à déplorer le spectacle d'écrivains dignes barbotant dans la gadoue. C'est vrai, c'est triste, tous ces auteurs aimés et pas aimés, des hommes et des femmes, traînés et retraînés dans la boue. C'est inconfortable, à force, de se faire traîner dans la boue. Une question, tout à coup, taraude : où trouve-t-on des champs de boue assez grands pour y traîner tout ce monde ? Et au moyen de quels instruments parvient-on à les traîner ? S'agit-il d'un tracteur (un objet), d'un cheval (un animal) ? Sur combien de mètres peut-on traîner un auteur de corpulence moyenne ? Chevillard, Novarina, Sollers, en l'absence de toute précision, doivent-ils être considérés comme des hommes, des femmes ou des hermaphrodites ? La littérature garde ses mystères.

Les informateurs de Pierre Louis Rozynès (un homme) sont tout aussi mystérieux. Ils n'en restent pas moins dignes de confiance. Un correspondant anonyme (un homme ou une femme) lui fournit quelques éléments décisifs :

Pierre Jourde [...] est prof de fac à Grenoble, il porte des lunettes de soleil sur les photos, il a écrit des insanités telles qu'elles l'ont propulsé comme prévu sur le plateau d'Ardisson et dans les colonnes de quelques feuilles avides d'affaires vite ficelées qui sentent la polémique sous prétexte que ce serait « salutaire ». En guise de réponse à son écrit [...], Josyane Savigneau l'avait traité de « crétin des Alpes », ce qui n'avait pas calmé Pierre Jourde, il a débuté une campagne triomphale en province. De Fnac en foire aux livres, il débat à lui tout seul de l'ignominie de la littérature actuelle qui fait de l'ombre à sa propre œuvre de romancier (*Dans mon chien*, Parc éditeur), comme l'autre jour à Saint-Malo, où il s'est fait remarquer avec ses complices : « À Saint-Malo, dont *Le Monde* est partenaire, il y avait un débat avec Jourde sur les écrivains contemporains [...]. Le débat est animé, à sa demande, par Laclavetine. [...] Laclavetine branche Jourde sur *Le Monde*. Il dit des horreurs. Douin se lève et intervient. On le laisse se faire conspuer par une salle chauffée au populisme. L'enfer (il est plutôt affecté le mec). Jourde continue. Raphaëlle Rérolle intervient pour lui dire qu'il avait trouvé un bon filon pour s'assurer d'une notoriété que ses ouvrages ne lui avaient jamais apportée, attaquer *Le Monde* en pratiquant l'amalgame et la diffamation. Laclavetine la fait taire en disant qu'elle tient, elle, des propos diffamatoires. Orsenna regarde au ciel et ne dit rien. Luc Lang dit qu'il ne lit jamais les critiques [...]. Bref, Douin est furax, Le Bris emmerdé et Laclavetine disparaît. Douin apprend qu'il est très ami de Naulleau et de Jourde... » (Correspondance privée.)

Un tel texte suscite quelques questions : comment peut-on débattre tout seul avec des complices ? Si on est seul dans une salle de deux cents personnes où se trouvent, par exemple, Jean-Luc Douin (un homme) et Raphaëlle Rérolle (une femme), que faut-il en conclure quant à l'existence de ces derniers ? Ne sont-ils que des fantômes ou des illusions ? Comment chauffe-t-on une salle au populisme avant d'avoir ouvert la bouche ? Qu'est-ce qu'un ami qu'on n'a jamais rencontré auparavant ? Existe-t-il des amis inconnus ? Est-ce que les feuilles sont avides sous prétexte ou est-ce que ce sont les affaires qui sentent sous prétexte ? Est-ce que c'est l'ignominie qui fait de l'ombre, ou est-ce que c'est la littérature ?

Comment la littérature produit-elle de l'ombre ? Tout l'art du critique est de savoir susciter les questions. Et de faire des émules. Pierre Louis Rozynès (un homme) a en effet des disciples, tel le jeune Pierre-Paul-Jacques Byzenès (un homme), qui publiait récemment dans *Vite lu, vite dit* le texte suivant :

Pierre Louis Rozynès est journaliste à Paris, il porte des bretelles et des caleçons à rayures. Quand il a froid aux pieds, chaussettes mi-laine, mi-coton. Parfois, lorsqu'il est seul, le soir, il aime ouvrir une boîte de sardines *Connétable* à l'huile d'olive vierge. Il n'écrit jamais que des choses scrupuleusement exactes. Il ne traite jamais personne de nazi sans avoir des raisons sérieuses de proférer cette grave accusation. Ce n'est pas un homme de réseau ou d'influences, et lorsque certains s'en prennent à sa compagne, qui écrit, son sens de l'éthique le pousse à conserver une stricte neutralité et à ne pas intervenir dans le débat. Bref, c'est quelqu'un qui pèse ses mots. Ce n'est pas lui qu'obséderaient les tirages et les ventes. Cet homme intègre ne s'intéresse qu'à la qualité du texte. À la télévision, ou dans son journal, *Livres Hebdo*, il ne s'abaisse jamais à faire circuler des ragots, des anecdotes frelatées ou des informations non vérifiées : analyses rigoureuses, arguments de fond, amour pur de la littérature. Il l'a encore montré récemment, comme en fait état ce témoignage : « l'autre jour, au pot de Léo Scheer, il y avait Anne Garreta, qui porte des lunettes de soleil. Ça n'a pas plu à Angot, qui déteste qu'on garde ses lunettes de soleil en sa présence, elle croit toujours que c'est de la provocation, sans compter que Garreta parlait à Yak Moi à qui Angot n'a jamais pardonné d'avoir fait un mauvais calembour à propos du titre d'un de ses livres. Du coup elle agresse la Garreta, sans savoir que Savigneau l'avait fait inviter parce que Sollers en a besoin pour un coup qu'il veut monter chez Fayard avec Sorin qui paraît-il veut débarquer Claude Durand. Savigneau emmerdée essaie d'arranger les choses, mais Angot se met à crier que personne ne l'aime et que les Parisiens s'acharnent sur elle, alors Savigneau essaie de faire intervenir Rozynès pour la calmer, mais lui, dans un coin, faisait celui qui n'avait rien entendu, inébranlable le mec. De toute façon, il paraît que Catherine Millet l'a approché, mais on dit que c'est parce qu'elle voudrait monter un plan avec Jean-Marc Roberts, Denis Roche et quelques complices, sans que Savigneau l'apprenne d'ailleurs, elle va avoir du mal, et Rozynès, innocent, qui croit que c'est pour ses beaux yeux, mais la meilleure dans tout ça [...]. » (Correspondance privée.)

Il est important de noter, pour couper court aux allégations jourdico-domecquiennes, que *Le Monde* n'est pas le seul journal à prendre fait et cause pour Philippe Sollers, avec une généreuse spontanéité. Ce bel article de Josyane Savigneau a fait des émules :

Au Renaudot [...], quatre jurés [...] s'étaient mis en tête de couronner *L'Étoile des amants* de Philippe Sollers (Gallimard), écrivain éternellement ignoré par le Goncourt. [...] On ne l'annonçait pas vainqueur, d'autres bons livres étant en compétition, mais à coup sûr finaliste, voire favori. Or, lundi 7 octobre, il a été éliminé de la deuxième sélection. Ce qui ne serait pas spécialement hilarant si n'avait filtré le nom du juré – siégeant pour la première fois – qui a fait pencher la balance en sa défaveur. J.-M. G. Le Clézio. Écrivain se disant retiré loin de Paris et des intrigues (mais néanmoins membre d'un jury), Le Clézio a peut-être voulu signifier ainsi, de manière radicale à défaut d'être vraiment élégante, son exaspération d'être trop souvent, depuis les années 1960, cité dans un trio : « Le Clézio, Modiano, Sollers ». Auteur Gallimard, membre du comité de lecture, il met aussi à mal – efficacement ? – l'idée que les jurés votent plutôt pour leur maison.

Preuve de l'universalité du message dérangeant de l'auteur de *Femmes*, les journalistes les plus éloignés de La Closerie des Lilas sont prêts à batailler pour que leur héros, ce banni, cet exclu, soit enfin reconnu. Josette Savorgnat, dans le supplément littéraire de *La Gazette du Hurepoix*, déplore ainsi que l'Académie des Trouvères de Marolles n'ait pas décerné son grand prix 2002 à *L'Étoile des amants*. Son article, qui fait honneur à la profession, rédigé après une enquête serrée, contient des révélations édifiantes. Il ne reste plus au *Monde*, dont la défense de Sollers a un peu faibli ces derniers temps (moins d'un article par numéro), qu'à se mettre au niveau de *La Gazette du Hurepoix*. Confiance : cela ne saurait tarder.

Qui cherche à étouffer la voix souveraine de la poésie ? Qui dérange-t-elle ? On aurait pu s'attendre, tout de même, à ce que le nom de Sollers figure dans la liste des sélectionnés du dernier tour, pour le Grand Prix du roman des Trouvères. C'eût été justice, après la lutte épuisante, incessante que l'homme a menée, dans une solitude écrasante, contre la Grande Tyrannie et les Forces de la Mort, en dépit du harcèlement incessant des jaloux et des moisis, en dépit du complot réactionnaire qui cherche depuis des années, sans hésiter devant aucun coup bas, à bâillonner notre plus grand écrivain vivant, tant sa parole dérange. Car Philippe Sollers s'exprime avec son corps, c'est ce qui gêne, c'est pour cela que la Grande Tyrannie ne peut le récupérer. Sollers est du côté des forces de Vie, avec ces Grands Vivants que sont saint Augustin, Miss France, Lady Di, Jean-Paul II, Jean-Marie Messier, Céline et Marcelin Pleynet. Dès lors, il est pour le moins scandaleux que le Prix ne lui ait pas été décerné. Il s'agit d'un déni de justice, d'un crime que les vrais amoureux de la littérature, de la liberté et du métissage ne se lasseront jamais de dénoncer.

Des rumeurs dignes de foi ont permis d'identifier la voix qui avait manqué à Sollers pour être sélectionné. Il s'agit de celle de Jacques-Marie-Gontran Le Bosco, autre auteur Gallimard pourtant. A-t-il voulu par là – en dépit du caractère puéril d'une telle attitude – manifester l'indépendance du juré par rapport à sa maison d'édition ? Allons donc. Le Bosco a beau faire son ermite éloigné des machinations parisiennes, on sait bien que, sous la façade vertueuse, des motivations moins avouables se dissimulent.

Selon des hypothèses probantes établies dans des racontars véhiculés par des sources dignes de foi, il découle que Le Bosco a sans aucun doute voulu par ce geste manifester son dépit d'écrivain à qui fait de l'ombre un écrasant génie. Il est également légitime de supposer, sans craindre de se tromper, que Le Bosco en veut à Philippe Sollers depuis le jour où Sartre, qui le recevait, l'a paraît-il appelé « mon petit Sollers » (Sartre baissait un peu, vers la fin).

Dans tout cela, hélas, il est bien peu question de littérature. Quand se décidera-t-on à parler enfin des textes, au lieu de colporter des rumeurs ?

Jo. S.

Faits divers

(AVERTISSEMENT : l'un de ces textes est une fiction. Devinez lequel.)

Dernière minute

Sur plainte de Josyane Savigneau, la police est intervenue début décembre dans un squat du quai Conti, dans le VIIe arrondissement de Paris. Quarante individus équipés d'armes blanches et d'uniformes verts ont été interpellés. Il s'agirait des membres d'un réseau cherchant à instaurer en France la « Grande Tyrannie ».

Littérature sans estomac et coup de couteau dans le ventre

Certains lecteurs passionnés du *Monde des livres* prennent au pied de la lettre les termes du débat littéraire. Le 27 septembre 2002, l'auteur de *La Littérature sans estomac* sonne chez sa voisine pour se plaindre d'un bruit excessif, avec la regrettable intransigeance qu'on lui connaît. Sans hésiter, la voisine en question, une dame respectable, s'empare d'un couteau de cuisine d'une taille non moins respectable, et tente à plusieurs reprises de le planter dans le ventre du critique, tout en s'écriant avec conviction : « je vais t'éventrer, je vais t'éventrer ». Grimpant à reculons l'escalier de l'immeuble, Jourde parvient à éviter la lame critiquicide. L'intervention de voisins parvient à convaincre la justicière de réfréner ses ardeurs.

Animée toutefois du même courroux vengeur, et brandissant toujours le couteau, la dame, aussi informée en littérature que solidement armée, se réfère à l'article de Jean-Luc Douin dans *Le Monde des livres* pour démontrer aux personnes présentes le caractère méprisable de son adversaire, et continue à manifester avec véhémence le désir de lui introduire vingt centimètres d'acier dans l'académie. Le vœu exprimé par certains respectables journalistes a bien failli, ce jour-là, se réaliser.

Quelques heures plus tard, une confrontation entre les belligérants a lieu au poste de police de la rue des Orteaux, à Paris (XXe), à la suite d'un dépôt de plainte pour « violence volontaire à l'arme blanche » par Jourde. La fervente jourdoclaste n'est plus armée du couteau, que les forces de l'ordre lui ont confisqué, mais de l'article du *Monde des livres*, qu'elle exhibe durant la confrontation, manifestant ainsi la justesse de son combat. Hélas, la police n'a pas tenu compte de cette pièce à conviction.

Celui qui prétend dénoncer la « littérature sans estomac » n'a plus désormais qu'à prendre garde à son abdomen.

Chicane

Monsieur Pierre Jourde.

Le 7 novembre 2002.

Lettre recommandée avec accusé de réception.

Nos réf. : Savigneau-Douin/Jourde.
EP/FM.

Monsieur,

Madame Josyane Savigneau et Monsieur Jean-Luc Douin, dont je suis le conseil, me transmettent un dossier laissant apparaître un litige à votre encontre.

D'après les pièces en ma possession, il apparaît que vous êtes l'auteur d'un article intitulé « Le crétinisme alpin » publié au mois de septembre dernier dans le magazine *Chronic'art*.

Or, cet article contient des propos injurieux et diffamatoires à l'encontre de Madame Josyane Savigneau et de Monsieur Jean-Luc Douin.

Vous vous permettez ainsi d'écrire, notamment, qu'« Il faut reconnaître à Josyane Savigneau une qualité rare : elle sait tirer le maximum des capacités intellectuelles dont elle dispose », ou encore que « Josyane Savigneau, avec sa lucidité habituelle, a bien vu pourquoi on lui en veut : c'est parce qu'elle est une femme », que « Le Monde des livres est un journal sérieux et Douin un modèle de rigueur », etc.

Or, ces propos constituent des injures au sens de l'article 29 alinéa 2 de la loi du 29 juillet 1881, aux termes duquel : « Toutes expressions outrageantes, termes de mépris ou invective qui ne renferme l'imputation d'aucun fait est une injure. » L'article susvisé contient également des allégations diffamatoires à l'encontre de mes clients.

C'est ainsi que vous écrivez que « *Le Monde des livres* publie non seulement de nombreux articles dudit Sollers, mais, avec constance, de copieux articles sur son œuvre, généralement remplis de dévotion. L'entité Savigneau dirige *Le Monde* des livres. Il est donc à supposer qu'elle a quelque responsabilité dans cette situation. Cette situation est-elle normale et saine ? »

Le fait d'alléguer que madame Savigneau violerait sa déontologie et ne respecterait pas son devoir d'indépendance porte atteinte à son honneur et à sa considération.

Or vous avez réitéré ces accusations diffamatoires dans l'émission « Droit d'auteur », diffusée sur France 5 le 13 octobre dernier. Vous avez en effet, à cette occasion, publiquement affirmé qu'il n'était pas possible, déontologiquement, que *Le Monde des Livres* accorde « régulièrement » à Monsieur Philippe Sollers, « de pleines pages littéraires ».

Par surcroît, il apparaît que les propos diffamatoires contenus dans l'article litigieux font suite à la publication de passages gravement diffamatoires à l'encontre de mes clients dans votre ouvrage intitulé *La Littérature sans estomac*, et révèlent ainsi un véritable acharnement de votre part à l'encontre de madame Josyane Savigneau.

C'est ainsi que vous visez Josyane Savigneau en des termes diffamatoires dans les passages suivants :

Page 41 : « Qui déplaît à Philippe Sollers ou à Josyane

Savigneau, quelle que soit la qualité de son œuvre, n'aura pas les honneurs du *Monde des livres.* » ;

Page 42 : « En revanche, dès qu'il s'agit du Grand Libérateur Sollers, aucun encens n'est trop précieux, aucune flagornerie n'est assez appuyée. Les hommages se succèdent dans l'organe officiel du Parti ? Josyane Savigneau se prosterne régulièrement. L'infatigable militante transmet au peuple culturel les intuitions géniales du Grand Libérateur. Les autres membres du Comité central se bousculent pour monter à la tribune. » ;

Page 61 : « Quant au *Monde des livres*, dirigé par Josyane Savigneau, il offre un bon exemple de collaboration avec la "grande tyrannie", pour reprendre l'expression pompière de la même Savigneau. Enfermé dans des questions d'intérêt, de vengeances et de manipulations, claquemuré dans une représentation irréelle du monde, il élabore un modèle de pensée obligatoire et contribue à l'étouffement de talents véritables. »

Les propos que vous avez publiés dans le magazine *Chronic'art* traduisent donc une nouvelle fois votre animosité personnelle à l'encontre de mes clients et dépassent nettement, par leur ton outrancier, les limites du libre droit de critique.

En effet, la jurisprudence constante considère que la critique doit toujours rester prudente et ne pas se montrer inutilement virulente.

Les juges ont, à de nombreuses reprises, rappelé que la critique doit en particulier rester objective, c'est-à-dire qu'elle doit être « émise en termes qui peuvent être sévères mais qui doivent toujours demeurer corrects et dépourvus d'intentions malveillantes et (si) elle ne dégénère pas en dénigrement injurieux de la personne de l'auteur et de ses actions ».

Ainsi, la jurisprudence constante considère que la liberté d'expression dégénère en abus dès lors que la critique prend la forme d'un dénigrement, traduit une animosité manifeste ou encore est inspirée par la volonté de nuire.

En l'espèce, il est manifeste que les propos abusifs dont vous êtes l'auteur dépassent très largement le cadre de l'exercice du droit de critique et ont gravement porté atteinte à l'honneur et à la considération de mes clients.

Un tel comportement illicite appelle donc une sanction immédiate.

C'est pourquoi je vous mets donc en demeure de me faire part des mesures que vous entendez prendre pour réparer le préjudice d'ores et déjà subi par mes clients.

D'autre part, il apparaît que l'article « Le crétinisme alpin » serait un extrait de l'ouvrage *Déjeuner chez Tyrannie* à paraître aux éditions L'Esprit des Péninsules en janvier 2003.

Je vous mets donc également en demeure de supprimer du texte *Déjeuner chez Tyrannie*, avant sa mise à disposition du public, toute injure et allégations diffamatoires visant mes clients.

Vous devez, de ce fait, considérer cette lettre comme une mise en demeure de nature à faire courir tous délais, intérêts et autres conséquences que la loi et les tribunaux y attachent.

Conformément aux règles déontologiques régissant mon ordre, je reste par ailleurs à la disposition de votre avocat pour tout entretien qu'il pourrait souhaiter avoir.

Je vous prie d'agréer, Monsieur, l'expression de mes salutations distinguées.

EMMANUEL PIERRAT,
Avocat à la Cour.

PIERRE JOURDE

À Monsieur Emmanuel Pierrat,
Avocat.

Le 11 novembre 2002.

Monsieur,

J'ai bien reçu la mise en demeure que vous m'avez adressée au nom de Mme Josyane Savigneau et de Monsieur Jean-Luc Douin. Vous estimez que certains passages de l'article que j'ai publié dans le magazine *Chronic'art* sont de nature diffamatoire à leur égard. D'après vous, on n'a pas le droit d'écrire que Josyane Savigneau « sait tirer le maximum des capacités intellectuelles dont elle dispose », ni que Jean-Luc Douin est « un modèle de rigueur ». Dans un esprit de conciliation, je vous propose donc de nous accorder sur les formulations suivantes :

– *faut reconnaître à Josyane Savigneau une qualité rare : elle sait tirer* le minimum *des capacités intellectuelles dont elle dispose.*

– *Jean Luc Douin* n'est pas *un modèle de rigueur.*

J'espère que vos clients se montreront satisfaits de voir la vérité ainsi rétablie. En ce qui concerne Jean-Luc Douin, par exemple, je comprends parfaitement sa démarche. Dans l'article du *Monde des livres* où il évoque ma « respiration catarrheuse » et mon propre « manque de rigueur », il cite entre guillemets des termes prétendument extraits de mon livre, et qui n'y figurent pas, ou m'attribue des expressions en réalité forgées par son propre journal. La relecture de certains passages de *Le Style du Monde* (« la rédaction se garde de réécrire les propos », « une citation [...] ne peut être corrigée ») a dû, je suppose, inspirer ce repentir, certes tardif, mais bien venu.

Je compte donc insérer ce rectificatif, à la suite du texte

de votre lettre, en annexe de l'ouvrage *Petit déjeuner chez Tyrannie* suivi de *Le crétinisme alpin*, à paraître à L'Esprit des Péninsules. J'espère que cet arrangement vous conviendra.

Toutefois, peut-être serait-il souhaitable qu'un procès ait lieu. Ce serait l'occasion de montrer, avec éclat, où en est aujourd'hui, en France, le droit à la critique et à la satire. Écrivains, universitaires, critiques, éditeurs, lecteurs connaîtraient les limites de la liberté d'expression et chaque citoyen saurait vraiment quelle conception s'en fait un journal comme *Le Monde*.

Avec mes félicitations, je vous prie de bien vouloir agréer, Monsieur, mes salutations distinguées.

Table

Composition réalisée par IGS-CP à L'Isle-d'Espagnac (16)

Imprimé en Espagne par Liberduplex
Dépôt légal éditeur : 49085-09/2004
Édition 01
Librairie Générale Française - 43, quai de Grenelle - 75015 Paris
ISBN : 2-253-10969-X

31/0969/1